14位人物解透红楼梦

情僧、英雄与正经人

刘晓蕾◎著

江苏凤凰文艺出版社
JIANGSU PHOENIX LITERATURE AND ART PUBLISHING

后浪

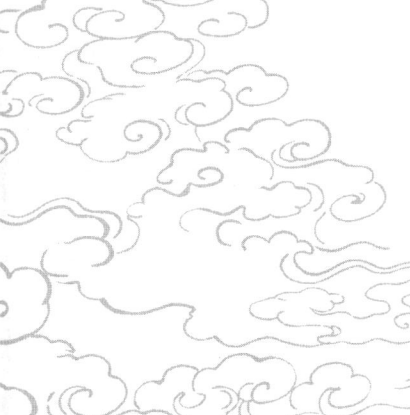

目录

〔宝玉〕 温柔情僧 / 〇〇一

〔黛玉〕 风流孤独的开心果 / 〇二一

〔宝钗〕 大观园的局外人 / 〇四五

〔王熙凤〕 自由的自我艺术家 / 〇六七

〔探春〕 被放逐的英雄 / 〇九一

〔妙玉〕 身在空门的俗世人 / 一〇九

〔晴雯〕 被谋杀的"狐狸精" / 一二一

〔袭人〕 欲望羔羊 / 一三五

〔香菱〕 有命无运的天生诗人 / 一五一

〔尤三姐〕 双面娇娃 / 一六三

〔贾母〕 老年人的清流 / 一七九

〔刘姥姥〕 最明亮的丑角 / 一九五

〔王夫人〕 中国式媳妇 / 二一一

〔贾政〕 憋屈的正经人 / 二二五

后记 / 二四一

〔宝玉〕温柔情僧

"趁你们在,我就死了,
再能够你们哭我的眼泪流成大河,
把我的尸首漂起来,
送到那鸦雀不到的幽僻之处,
随风化了,自此再不要托生为人,
就是我死的得时了。"

〈壹〉

我喜欢贾宝玉。

我以为女性朋友都会喜欢宝玉,其实不然。有不少女性表示:"宝玉再好,我也不喜欢,他太'娘'。"不只是男性,连女性也不觉得"娘"是好词。她们以为,男性就应该有男性的样子,比如阳刚、勇猛、英雄气概等。

那武松不"娘"吧?既当得了都头,又做得了杀人凶手,还客串得了打虎英雄,该出手时就出手,风风火火闯九州。

相比之下,不免替宝玉感到羞愧:没一点儿英武之气,而且手无缚鸡之力,除了"无事忙"、到处献爱心送温暖、日日柔情万种,连一点儿谋生的技能都没有。他的事迹,不过是挨了老爹的打,爱了一个林妹妹,当了大观园的护花使者。而且,最后一个角色当得也不够格,连金钏、晴雯都保护不了,眼睁睁地看着她们死于非命。好吧,你不愿意到体制内当公务员,至少也要救人,来个英雄救美吧?

英雄救美,人民群众对此喜闻乐见,但从历史到文学,这样的故事却极为罕见。仔细搜寻一番,终于找到《警世通言》里的"赵太祖千里送京娘",男主角是青年时期的赵匡胤。赵匡胤在一个道观里,偶然救下被强盗掠来的美女京娘,便一路护送其回山东老家。路途遥远,朝夕相处,京娘不禁芳心暗许,遂轻吐心声,却被赵匡胤严词拒绝,并斥责京娘"休狂言"。到家后,京娘的家人考虑到孤男寡女一路相处,没事也有事了,不如把京娘许配给他。赵匡胤听了勃然大怒,大骂之后拂袖而去——他觉得自己的侠义之举受到了莫大侮辱:我岂是为这个而来?

问题来了,京娘该怎么办呢?英雄绝尘而去,她责怪自己让英雄有瓜田李下之嫌,累其清名,然后,便自缢身亡了。

这个故事读了真让人憋屈,一点儿都不美好。翻看各种演义小说,但凡英雄救美的故事,总是有一个来路蹊跷、去路彷徨的美女,英雄不是骑士也不是超人,美女不是他爱慕的对象,只是获得荣誉的一枚棋子。赵匡胤千里送京娘的故事,虽然是小说家言,但故事怎么讲，人们接受什么样的故事，喜爱什么样的故事，呈现的却是集体的文化心理。宝玉说"文死谏，武死战"不过是沽名钓誉，并非偏激之语。

《水浒传》和《三国演义》里的英雄好汉更绝，非但不救美，尤其擅长杀美。梁山好汉个个喜欢舞枪弄棒、打熬气力，对女性毫无兴趣，杀她们的时候更理直气壮。阎婆惜、潘金莲、潘巧云都死在英雄手下。至于三国的战场，更是男人的角力场。我翻遍《三国演义》，也没找到貂蝉的下落，她的政治任务完成后，作者连她的结局都懒得交代。中国的四大美女，也个个下场凄惨，或和亲，或被杀。而西施，是被勾践老婆杀死，还是和范蠡泛舟西湖？你相信哪个结局呢？

贾宝玉不是英雄，他只想做一个温柔的情僧。

情僧也不是一天就练成的，从懵懂到觉悟，是一个过程。曹公并不隐藏这个世界的污浊和黑暗。大观园之外，贾珍、贾琏们的丑行像瘟疫一样四处渗透，柳湘莲这样讥讽东府："你们东府里除了那两个石头狮子干净，只怕连猫儿狗儿都不干净。"就连大观园里的女儿们，也不过或情或痴，小才微善，并非完美无瑕，亦非人格模范——黛玉心直口快，无意间出口伤人；妙玉有洁癖；晴雯脾气像爆炭；司棋大闹厨房的身段也不好看；唯一完美的宝钗却让人疑窦丛生。

宝玉一出场，便是集万千宠爱于一身的富贵公子，长得好看，本性纯良，人人都喜欢他。他少年气盛，也有一点儿公子哥儿的习气——有一次喝醉了酒，因为泡好的枫露茶被李嬷嬷喝掉，便一怒之下撵走了丫鬟茜雪；淋了一身雨敲怡红院的门，嫌开门迟了，踢了袭人一脚；和金钏开暧昧的玩笑，激怒了王夫人，导致金钏被撵走，跳井自杀；博爱多情，每每让林妹妹伤心，说他"见了'姐姐'，就把'妹妹'忘了"；神游太虚幻境，与秦可卿领略儿女之事，跟袭人初试云雨；与秦钟也有说不清的暧昧。

　　说到秦钟，这个美少年，一度跟宝玉关系密切，暧昧不清，却只出场了十六回便早早死掉。那么，曹公为什么要写这样一个角色？

　　宝玉第一次见秦钟，是在第七回。他看秦钟"身材俊俏，举止风流"，"怯怯羞羞，有女儿之态"。宝玉看呆了，心想：天下竟有这等人物！这一比，我竟是泥猪癞狗了！在秦钟的美好面前，宝玉自惭形秽。只是，秦钟的美好似乎仅止于皮囊，经不起参详。

　　秦钟的谐音是"情种"，必有风流故事。果不其然，接下来，但凡秦钟出场，空气中便荡漾着暧昧的情欲气息。先是"风流闹学堂"，他跟香怜、玉爱眉来眼去，惹出了一场打闹。接着姐姐秦可卿死了，出殡的路上，众人在一村庄停留，宝玉看见纺车，便上前摆弄，一个丫头过来说：别动坏了！闪开，我纺给你瞧。秦钟便悄悄拉住宝玉，笑说"此卿大有意趣"，意思是这妞倒有点儿意思，满脸轻薄。宝玉推开他，啧笑道：该死的！再胡说，我要打你了。夜宿馒头庵时，秦钟果然又与小尼姑智能缱绻偷情。再接着，他体虚又迷恋性事，病倒，然后死了。他死前，既挂念父亲的钱还没花完，又记挂着智能，终于把宝玉等来，说了一番话：我以前竟是自误了，以后还应该"立志功名，以荣耀显达"才是。白先勇先生说，程乙本删掉了这一段，删得对。因为秦钟死前这番话，显然是俗物一个，怎能是宝玉的朋友呢？

其实，正因秦钟之俗，才有宝玉之脱俗。世间秦钟何其多，而宝玉，却只有一个。秦钟，是世人的缩影，也是宝玉的另一种可能。

〈贰〉

如果不理解贾宝玉，就无法理解大观园，理解《红楼梦》。

常有人说，宝玉是一个长不大的孩子，他有孩子般纯净的心灵。在传统文化的语境下，这当然是赞美。晚明李贽在心学的基础上，独推"童心""真心"和"赤子之心"，针对的是儒家越来越世故的君子道德和虚假的现实。但作为人性的初始状态，孩童没有主体意识，更谈不上什么自由意志。

我们中国人总希望回到过去，老庄哲学就是要"弃圣绝智"，回归婴儿状态，孔子也一心要回到周朝……渴望回到童年和过去，已成了顽强的传统文化基因，婴孩心智的成年人遍地。然而，儿童并没有我们想象中那般纯洁无害，《射雕英雄传》里的老顽童周伯通，就把段皇爷和瑛姑害得好惨；而一辈子都长不大的诗人顾城，最后把斧头砍向了妻子；金圣叹夸李逵一路天真烂漫到底，但他经常抡着两把板斧无差别杀人。

只有婴孩的天真和纯净、少年的热血和懵懂，不会成为大侠，也不可能成为宝玉。迷恋儿童状态，也许是根本就长不大，也就没有能力做出选择。西门庆选不了另外的生活，因为世俗的欲望全面控制了他；贾政也做不了选择，他被传统蒙住了双眼，看不见生命还有别的可能性。

当年女娲为补天炼石，唯独一块石头被遗弃在大荒山无稽崖青埂峰下，灵性已通的顽石听到一僧一道谈论红尘之事，静极思动，要下凡经历一番。一僧一道这样告诫它:"那红尘中有却有些乐事,但不能永远依恃。"何况,又"美中不足,好事多魔",乐极悲生,人非物换,到头一梦,万境归空,不如不去。一僧一道就像命运的使者,对顽石道破命运的无常与残酷,但顽石还是要去。

他的红尘之旅是自我选择的结果。同时,我们能看到他的自我成长,一步步从懵懂走向澄明。

他曾说过:"趁你们在,我就死了,再能够你们哭我的眼泪流成大河,把我的尸首漂起来,送到那鸦雀不到的幽僻之处,随风化了,自此再不要托生为人,就是我死的得时了。"但在"识分定情悟梨香院"一回,目睹龄官和贾蔷的爱情,他终于明白原来自己是"管窥蠡测",原来是"各人各得眼泪罢了"——并不是所有的姐妹都爱我,我不再是世界的中心,这个世界不以个人意志为转移。摆脱了这种孩子般的自恋,才能长大成人。

当初一僧一道的告诫之言,也为顽石种下了慧根,他喜聚不喜散,对世间的热烈之爱,其实建立在对"万境归空"的先行感知之上。很多人认为他是没心没肺的"无用"之人,却很少有人洞察他骨子里的绝望和孤独。

黛玉初见他,"面如桃瓣,目若秋波。虽怒时而若笑,即瞋视而有情"。这"情",是一切痛苦的源头。有谁像他那样，一开始拥有一切，锦衣玉食，珠翠环绕，应有尽有，好像独得了天大的恩宠，最后一点一点被剥夺殆尽——金钏自杀，晴雯被逐，迎春嫁给"中山狼"，连他最爱的林妹妹，也是"玉带林中挂"，最后"落了片白茫茫大地真干净"。他注定要目睹青春、生命的消逝，以及一切美好事物的陨落，最后收获大破败、大荒寒。所以，即使身处花柳繁华地、温柔富贵乡，宝玉却总是想到"死"。

他对袭人说："只求你们同看着我，守着我，等我有一日化成了飞灰，——飞灰还不好，灰还有形有迹，还有知识。——等我化成一股轻烟，风一吹便散了的时候，你们也管不得我，我也顾不得你们了。"看着探春大刀阔斧兴利除宿弊，他却说："我常劝你，总别听那些俗语，想那些俗事，只管安富尊荣才是"，"我能够和姊妹们过一日是一日，死了就完了。什么后事不后事"，"倘或我在今日明日、今年明年死了，也算是遂心一辈子了。"

即使对黛玉诉肺腑，也是拼了命一般，要死要活："我的这心事，从来也不敢说，今儿我大胆说出来，死也甘心！我为你也弄了一身的病在这里，又不敢告诉人，只好掩着。只等你的病好了，只怕我的病才得好呢。睡里梦里也忘不了你！"他对紫鹃说："我便死了，魂也要一日来一百遭。"又说:"活着,咱们一处活着;不活着,咱们一处化灰化烟。"

于繁华之处看见凋零,于高朋满座看见大厦倾颓,于生窥见死……叔本华说,这个世界只是表象,天才才能洞察这个世界,进而发现世界的另一面。鲁迅说:"悲凉之雾,遍被华林,然呼吸而领会之者,独宝玉而已。"诚哉。

当听到黛玉唱"一朝春尽红颜老,花落人亡两不知",他恸倒在山坡之上——由这满地落花,想到黛玉的美好容颜将来也会有无可寻觅之时,不由得心碎肠断。再深想下去,宝钗、香菱、袭人等人,也将有无可寻觅之日,那时,自己又身在何处?眼前这园、这花、这柳,又将会属于谁?如此一而二,二而三,反复推想开去,这人生,这万物,原来是如此无情!再想想自己,此时此刻的"我",又是谁?即使有一天,"杳无所知,逃大造,出尘网",逃离这一切,就能一了百了吗?

此时此刻,死亡,这个让生命、让一切都化为乌有的最黑暗的事物,就这样迎面而来。哲学家齐泽克说,在日常感受力最为充盈的时候,能生发"真实眼泪的惊骇",这往往是哲学的最佳时刻。苏格拉底说,哲学就是"练习死亡"。对于人而言,死关乎生命的意义,练习死亡不是去解决死亡，而是经由死亡引向对生命的理解。是什么力量让这两个人泪流满面？宝黛是在追问"我是谁，我从哪里来，要到哪里去"，这不只是伤春悲秋，其实是于直面死亡之际，对生的追问与反思。

这是属于宝黛，属于《红楼梦》的哲学时刻。他们一个喜聚不喜散，一个喜散不喜聚，都是对生命的深刻眷恋，爱就是他们的生命哲学，在薄情的世界里深情地活着，就是他们的"觉解"。可以说，黛玉葬花、宝玉恸倒，是中国文学里最闪亮的时刻，可媲美《世说新语》里的"雪夜访戴"。

有人说，《红楼梦》的主题是色空，是虚无。书中确实有一人青灯古佛了此残生，看空了一切，就是惜春。抄检大观园时，她的丫鬟入画被查出私藏东西，事后证明她没问题，但惜春拒绝留下入画，怪她带累自己。尤氏说她"心冷口冷心狠意狠"，她却说："不作狠心人，难得自了汉。"她果然一路冷到底，最后决绝出家，就像从未来过这个世界。

但宝玉不是惜春，也不是《西游记》里的石猴——都跟石头有渊源，那个身手敏捷、活力四射的石猴，经由西天取经，修炼成了无欲无求的斗战胜佛。

因为宝玉心热、情重、爱博，他一生都在体会木心所说的"生命是时时刻刻不知如何是好"。即使最终回到"以情为根"的青埂峰下,《石头记》就是他的"追忆似水年华",是向曾经的爱与美的驻足凝眸。空空道人看完《石头记》,"因空见色,由色生情,传情入色,自色悟空,遂易名为情僧,改《石头记》为《情僧录》"。色与空之间,终究多了一个"情"字。

曹公似乎早就洞悉了宝玉被误读的命运,索性先拟了那首《西江月》,"天下无能第一,古今不肖无双",坏话我就先替你们说了吧。只是,"都云作者痴,谁解其中味"呢?

哲学家维特根斯坦的一个朋友说,看到他,总想起《卡拉马佐夫兄弟》里的阿廖沙和《白痴》里的梅什金公爵:"第一眼瞥去,那模样是令人心悸的孤独。"宝玉何尝不如是?天才各有各的不幸,而孤独却是相似的。他们都是一肚皮的不合时宜,为世俗所不解。在他身上,我们能看见小王子的清澈、堂吉诃德的理想主义,以及哈姆雷特丰富的痛苦。

他最终没有发现救国救民的道路,不能修身齐家,更不能治国平天下,只能出家为僧。在世间,他悉心领略生命的大喜与大悲,领悟命运的无常与残酷。他宣称:"女儿是水作的骨肉,男人是泥作的骨肉。我见了女儿,我便清爽;见了男子,便觉浊臭逼人。"在美好的女儿面前,他总是心甘情愿低下头来。

曹公在第一回中说，自己半世潦倒，实在惭愧，但"闺阁中本自历历有人"，如果我不能写下这些"行止见识，皆出于我之上"的"当日所有之女子"，更无法原谅自己。因此，即使"茅椽蓬牖，瓦灶绳床"，生活极为困苦，他依然写下这本为闺阁立传的《红楼梦》。这本书里有深切的忏悔，是曹公代表男性群体，对女性的爱与忏悔。

曹公的忏悔、宝玉的低头，独一无二，举世无双。

‹叁›

第五回，宝玉梦游太虚幻境，警幻仙姑送他两个字"意淫"，并解释这是他"天分中生成一段痴情"，与世间"皮肤滥淫"者大异。后者"悦容貌，喜歌舞，调笑无厌，云雨无时，恨不能尽天下之美女供我片时之趣兴"，以占有目的。而宝玉对女儿的爱恋，仅止于精神层面，对女孩情深义重，充满理解和尊重。

就让我们来感受他的爱与温柔吧。

怡红院里的丫鬟，随时给他脸色，甚至抢白他，他不仅不在意，反而变着法儿由她们"胡闹"，且甘心情愿为她们充役。给麝月篦头，服侍袭人吃药，给晴雯暖手，被晴雯抢白奚落……忙得不可开交，偏偏袭人和晴雯之间小风波不断，真是操碎了心。他里里外外无事忙，专好排忧解难，先是帮烧纸钱的藕官挡责罚，又替彩云顶了偷玫瑰露的缸，连春燕挨母亲的打，也知道跑向宝玉寻庇护……王熙凤说他"为人不管青红皂白，爱兜揽事情。别人再求求他去，他又搁不住人两句好话，给他个炭篓子戴上，什么事他不应承"，再形象不过了。

当发现茗烟和丫头卍儿的私情，他的反应是："还不快跑！""你别怕，我是不告诉人的。"他问茗烟这丫头多大了，叫什么，并沉思良久。在蔷薇架外，看见龄官一边呜咽，一边用簪子在地上画"蔷"字，他恨不得跑过去帮她分担内心的煎熬。龄官冷言拒绝宝玉的唱戏请求，他也只好红着脸，讪讪离开，并不觉得自己受到了轻视。难怪傅家婆子背地里说他"有些呆气""连一点刚性也没有"。

这些都是他什么人啊？他和她们只是主仆关系而已，他完全可以活得很舒适很快活，贾家的经济还可以支撑他安享尊荣，贾珍、贾琏们不都是这么过的吗？可他就是一味操心劳役，用鲁迅先生的话，这是"爱博而心劳，而忧患亦日甚矣"。

平儿在贾琏和王熙凤处挨了夹板气，他是怎么安抚哭泣的平儿的？他邀请平儿来到怡红院，先替凤姐和贾琏赔罪，然后建议平儿换下发皱的衣服，并拿出自制的香粉，教平儿匀脸，献宝一样拿出自制的胭脂，最后，还剪下一支并蒂秋蕙帮她插在头上。待平儿出门，他又拿出酒和熨斗，帮平儿熨好衣服，洗了平儿落下的手帕，再想到贾琏之俗、凤姐之威、平儿之惨，不禁落泪……这一切，全是体贴和尊重，还有忏悔。

香菱跟芳官等一起玩耍，被泥水弄脏了石榴裙，因为是宝琴送的料子，宝玉担心她回去被薛姨妈埋怨，赶紧叫来袭人帮她换新的。又挖了个坑，把香菱她们斗草用的夫妻蕙与并蒂菱，并一些落花一起埋好。宝玉也是一个葬花之人呢。

我的一个学生说宝玉是"富二代"，薛蟠才是。他打死冯渊，抢来香菱，却不懂得怜香惜玉，很快把香菱当了"马棚风"。后来娶了夏金桂，香菱备受屈辱和蹂躏。宝玉看不下去，跑到王道士那里去找"妒妇方"。

看见别人受苦，他总是不忍。见秦可卿病得沉重，他失声痛哭，待死讯传来，他更是哇地一下，吐出一口鲜血。元春才选凤藻宫，众人皆喜气盈腮，唯有他记挂着秦钟，视而不见。在桃树下读《会真记》，一阵风来，落花成阵，满书满身都是。他恐脚步践踏了落花，便兜了花瓣，抖落水中。

共读《西厢》

对自己的爱人，宝玉更是万般小心：林妹妹你不要不理我啊，林妹妹你为什么哭啊？都是我不好！你昨夜咳嗽了几次……怎样才算爱一个人？温言款款和小心翼翼并不难，难的是日日如此。这样的耐心，基于理解，源于相知。即使肌骨莹润、鲜艳妩媚的宝钗又怎样，金玉姻缘又怎样，他还是在梦里喊："和尚道士的话如何信得？什么金玉姻缘，我偏说是木石姻缘！"

因为骨子里的决绝和虚无，对黛玉，也对所有美好的生命，他的爱热烈得绝望，如排山倒海。汤显祖说："智极成圣，情极成佛。"这就是情僧吧。

有人说，宝玉只会爱清净洁白的女儿，对已婚女性和其他人可没什么爱心。他说过，未出嫁的女孩是颗宝珠，出嫁了变出不好的毛病来，就成了死珠，有的竟成了鱼眼睛。还说过，女人一旦出了嫁，沾染了男人的气味，就比男人更可恶。

与其说是歧视已婚女性，不如说是对进入婚姻的女性群体的生命状态的洞察。贾家的那些媳妇婆子们个个利欲熏心，对年轻女孩毫无怜爱之心，如何婆子对芳官，吴新登家的对探春，王善保家的对晴雯，周瑞家的对司棋……从宝珠到死珠到鱼眼睛，生命怎样进入一个不可逆的衰减？宝玉对此充满困惑，他能想到的罪魁祸首就是婚姻。女儿一旦出嫁，就会被迫进入一个三纲五常的伦理结构，丧失了天真和灵气。所以，他特别害怕女儿出嫁。当岫烟被许配给薛蝌，众人都赞是好姻缘时，唯有宝玉郁郁不乐，再看结了小杏子的杏树，"虽说是男女大事，不可不行，但未免又少了一个好女儿。不过两年，便也要'绿叶成荫子满枝'了。再过几日，这杏树子落枝空，再几年，岫烟未免乌发如银，红颜似槁了，因此不免伤心，只管对杏流泪叹息"。

他对整个世界都温柔以待。他的小厮们压根儿不把他当主子，经常一拥而上抢走他身上的东西，他们之间的对话也是调皮又温情；他央求妙玉别扔掉"成窑五彩小盖钟"，这么昂贵的东西，送给刘姥姥吧；贾环故意使坏，用蜡油烫坏了他的脸，他叮嘱别人莫张扬，就说是他自己烫的好了；不学无术的薛蟠在酒席上唱"绣房蹿出个大马猴"，众人都嫌其粗陋，他笑笑：没关系，押韵就好……

对他人从不设防，对人性有足够的信任，被人误解依然不改初衷，要怎样才能做到？我的一个学生写道："以前我对宝玉也有很多不解……但是今天，听您讲了他对待丫鬟小厮的那些故事，听了他和陌生人的故事，听了他和他的兄弟姐妹的故事……我想到了麦兜。麦太带他去看医生，医生说，他不是低能，他是善良。"

谁会否认善良的美好呢？只是，在推崇不择手段、狡智型生存法则的社会里，善良和天真一样，人们宁愿怀念它，把它变成永恒的乡愁，也不愿意真正地拥有它。

可是，有问题的不是善良本身，是这个世界。

我们太熟悉这样的成功之道了：谁出手快、准、狠，谁不按理出牌，谁的心最黑，谁的脸最厚，谁就能笑到最后。所以，梁山山头上尽是好汉，三国世界里英雄辈出；刘邦胜利了，唱着"虞兮虞兮奈若何"的项羽，却因"妇人之仁"成了失败者；当魏军围城，刘禅对誓要"背城一战，同死社稷"的刘谌说出"汝独仗血气之勇，欲令满城流血耶"后，被钉上了耻辱柱，成了人人口中"扶不起的阿斗"，被骂"快乐异乡忘故国，方知后主是庸才"。他们一定忘了，是庸才保全了满城百姓，而英雄却会拉百姓上战场当炮灰。也许，正是因为缺少妇人之仁的温柔和悲悯，历史才会如此暴虐无常，人心才会如此冰冷？

这个世界幸好还有宝玉，不只有武松。

[黛玉] 风流孤独的开心果

她连写三首菊花诗,
"篱畔秋酣一觉清,和云伴月不分明"
"一从陶令平章后,千古高风说到今"
"孤标傲世偕谁隐,一样花开为底迟",
把菊花问得无言以对,惊艳全场。

〈壹〉

年少时读《红楼梦》，对黛玉的印象，是爱哭。等到读得多了，年岁也见长了，看见的黛玉反而是明媚动人。

黛玉的天性，其实很活泼、跳脱——见宝玉非要跟自己枕一个枕头聊天，就来一句"放屁！外头不是枕头？""真真你就是我命中的'天魔星'！请枕这一个"。一个贵族少女能如此说话，真意外，也真有趣。听到宝玉胡诌林子洞里的耗子偷香芋，原来是打趣自己，便笑着要去撕宝玉的嘴。学湘云咬舌儿，笑她"二哥哥"和"爱哥哥"不分："只是'爱'哥哥'爱'哥哥的。回来赶围棋儿，又该你闹'幺爱三四五'了。"宝玉、袭人和晴雯闹别扭，她来了，笑着说了一句："大节下怎么好好的哭起来？难道是为争粽子吃争恼了不成？"贾母让惜春画园子，宝钗洋洋洒洒开列出一堆绘画工具，有排笔，还有绢笋、瓷罐和水桶，她悄悄跟探春咬耳朵："想必他糊涂了，把他的嫁妆单子也写上了。"

她打趣当丑角的刘姥姥是"母蝗虫"，给惜春的画起名曰"携蝗大嚼图"，引得众人大笑。湘云笑得差点从椅子上栽下来，她却一本正经地拉住李纨："这是叫你带着我们作针线教道理呢，你反招我们来大顽大笑的。"李纨也绷不住了，笑她说"刁话"，明明自己领着头闹，倒赖别人的不是。

你看，群体生活中的黛玉简直就是一枚开心果。

给别人带来欢乐的人，首先自己要有趣。这跟知识无关，关乎心性和见识。林语堂认为，最上乘的幽默是表示"心灵的光辉和智慧的丰富"。幽默的人，谁不爱呢？除了黛玉，王熙凤也是搞笑能手，她擅长插科打诨，反应敏捷，口才也一流，堪称"高级段子手"。不过，和凤姐相比，黛玉的幽默走的是文艺路线，俏皮雅致。黛玉说刘姥姥像"母蝗虫"，按宝钗的注解："世上的话，到了凤丫头嘴里也就尽了。幸而凤丫头不认得字，不大通，不过一概是市俗取笑。更有颦儿这促狭嘴，他用'春秋'的法子，将市俗的粗话，撮其要，删其繁，再加润色比方出来，一句是一句。这'母蝗虫'三字，把昨儿那些形景都现出来了。亏他想的倒也快。"就是说凤丫头不识字,讲的笑话有"三俗"的嫌疑,还是颦儿有文化,有格调。

林妹妹的明媚与可爱,宝玉最懂。爱过的人都知道,恋爱中的误会是常态,宝黛也是小吵不断。但黛玉的优点是从不记仇,误会一经澄清,她就雨过天晴,破涕为笑。

那一天,暮春时节,宝黛二人在桃树下共读《西厢》。宝玉情不自禁,对着黛玉说:"我就是个'多愁多病身',你就是那'倾国倾城貌'。"她听了,不禁薄面含嗔。这也不怪黛玉多心,这话是张生说给崔莺莺的,原本有些轻薄。宝玉吓得连连道歉,还发起了誓。黛玉倒嗤笑道:"呸!原来是苗而不秀,是个银样镴枪头。""你说你会过目成诵,难道我就不能一目十行么?"

有一次,黛玉去看望宝玉,敲怡红院的门,晴雯心情不好正在院里发牢骚,也没听出黛玉的声音,懒得开门,又恰好宝钗、宝玉的笑声从里面传来,她很郁闷,未免生起了宝玉的气。但宝玉把误会澄清后,她知他并非故意为之,便道:"你的那些姑娘们也该教训教训,只是我论理不该说。今儿得罪了我的事小,倘或明儿宝姑娘来,什么贝姑娘来,也得罪了,事情岂不大了。"说着抿着嘴笑。宝玉听了,又是咬牙,又是笑。这样的颦儿,怎不让人爱煞!

很多人拿黛玉和宝钗比，说她小性儿，不好相处，而宝钗人见人爱，口碑好。这就像因一个人有几千个微信好友，另一个只有几十个，就断言前者比后者有人缘，未免武断。

黛玉的世界简单明了，一个恋人、几个知己，以及诗。宝钗藏愚守拙，善于隐藏自我，会做人。黛玉则明亮坦率、心直口快，一路真诚到底。对宝玉自不必说，湘云脱口说她长得像戏子，她并不记仇，当天还拿了宝玉写的偈子回去跟湘云同看；她和紫鹃那么贴心，紫鹃会提醒她，也会责备她，哪个小姐和丫鬟相处得像闺蜜一样呢？香菱终于住进了大观园，想学诗，是黛玉主动请缨，热情地教香菱写诗。

所谓黛玉的尖刻，不过就是她的嘴有点快，抢白了送宫花的周瑞家的，"别人不挑剩下的也不给我"；随口反驳不让宝玉喝酒煞风景的李嬷嬷。可是，那时黛玉也只十岁左右，谁小时候不任性？何况她也并没有说错。荣国府的媳妇婆子们可都不简单，个个长着一对势利眼，小算盘打得啪啪响，连王熙凤都要忌惮三分。

当然，她也爱抢白宝钗，讽刺她记得湘云戴的金麒麟："他在别的上还有限，惟有这些人带的东西上越发留心。"不过，因黛玉行酒令失口说出"良辰美景奈何天""纱窗也没有红娘报"，宝钗审她，又告诫她不要看那些闲书，她感觉到了宝钗的善意，尽释前嫌，不仅对宝钗掏心掏肺，又深刻地自我反思，坦言自己以前错看了宝姐姐，从此把宝钗当亲姐姐看。

黛玉从小家教好，也懂分寸、知礼节。刚进荣国府，她步步留心，时时在意，不肯轻易多说一句话，多行一步路，不合自家习惯的也都一一改过来。见赵姨娘来，她会含笑让座；怡红院的丫头佳蕙去潇湘馆办事，刚好遇到黛玉给小丫头分钱，黛玉便随手抓了两把给了佳蕙；宝钗让老婆子给她送来燕窝，她嘘寒问暖，还赏了几百钱。

我们看到她从牙尖嘴利到通情达理，一路成长过来。自"诉肺腑心迷活宝玉"，她知晓了宝玉的心思，再也不跟他较劲。"凹晶馆联诗悲寂寞"一回，中秋节黛玉跟湘云聊天，说到"事若求全何所乐"，湘云感慨："虽父母不在，然却也忝在富贵之乡，只你我竟有许多不遂心的事。"黛玉笑道："不但你我不能趁心，就连老太太、太太以至宝玉、探丫头等人，无论事大事小，有理无理，其不能各遂其心者，同一理也，何况你我旅居客寄之人哉！"

多了同理心，对人生的理解也更达观了。黛玉懂人情世故，只是不世故罢了。

黛玉长得美。关于黛玉的容貌，有好几个版本，单单眼睛就有"似喜非喜含情目""似泣非泣含露目""似笑非笑"等不同说法，再加上"两弯似蹙非蹙罥烟眉"，以及"态生两靥之愁，娇袭一身之病。泪光点点，娇喘微微。闲静时如姣花照水，行动处似弱柳扶风。心较比干多一窍，病如西子胜三分"。不像宝钗"脸若银盘，眼如水杏"那么具体亲切，全是意态、风致，像雨像雾又像风，是虽不见花，却已花香细生，摇曳动人。

她的具体装扮，书中也极少描画，只有"琉璃世界白雪红梅"一回，黛玉"换上掐金挖云红香羊皮小靴，罩了一件大红羽纱面白狐狸里的鹤氅，束一条青金闪绿双环四合如意绦，头上罩了雪帽"，立在白皑皑的雪地上，竟是如此的明艳俏丽。

〈贰〉

大观园遍地芳华，女儿们个个都如神明般美丽聪慧。宝玉总是惊异于她们的清净、洁白，并心悦诚服地低下头来，自惭形秽。毫无疑问，黛玉是其中最出类拔萃的一个。

园子里最重要的娱乐活动，就是诗社，人人都是诗翁，都有雅号，大家争当文青。连不会写诗的迎春，也安静地在树荫下串茉莉花，像一首清新的小诗。曹公还大费周折，安排薛蟠出门做生意，以便让香菱搬进大观园跟黛玉学诗。

诗是什么？诗是一种自我拯救，可以让她们暂时远离阴冷、卑污和压抑的现实，保有内心的柔软天真和自由通透的个性，让她们更忠于自己，活得更有尊严。海棠社，菊花诗，桃花社，柳絮词，让大观园灵性十足，成了一个独立而诗意的自由王国。

黛玉是诗人中的诗人，资深文青。第一次海棠诗社，宝钗写"珍重芳姿昼掩门，自携手瓮灌苔盆"。因含蓄浑厚、道德形象出众，符合淑女身份，被李纨推为第一。黛玉的"半卷湘帘半掩门，碾冰为土玉为盆。偷来梨蕊三分白，借得梅花一缕魂"，风流别致，屈居第二。宝玉不服气，在他的心里，黛玉的诗自然是最顶尖的。

这有什么！林妹妹是天生的诗人。紧接着的菊花题，她连写三首菊花诗，"篱畔秋酣一觉清，和云伴月不分明""一从陶令平章后，千古高风说到今""孤标傲世偕谁隐，一样花开为底迟"，把菊花问得无言以对，惊艳全场，三首都被公认为第一，宝玉也心花怒放。还有她的《秋窗风雨夕》《五美吟》《桃花行》，首首都是好诗！《五美吟》则以超卓的女性意识，发现了历史的谎言，以及男权社会对女性的贬斥和物化，体现了女性独立的主体意识。

黛玉的三首菊花诗都得了第一，宝玉兴奋不已，在紧接着的螃蟹宴上写了一首螃蟹诗助兴，"持螯更喜桂阴凉，泼醋擂姜兴欲狂"。黛玉笑说这样的诗太好写了，要一百首都有，然后不假思索，提笔和了一首。她身体不好，只吃了一点儿螃蟹的夹子肉，心口就微微地疼，要喝烧酒。但如果没有对生活的爱，是写不出"螯封嫩玉双双满，壳凸红脂块块香"这样活色生香的句子来的，她甚至调皮地称呼螃蟹为"卿"。

黛玉习惯独处，也经常失眠。潇湘馆凤尾森森、龙吟细细，满地下长满苔藓，她读书、吟诗、发呆、失眠、喂鹦鹉、想念恋人……"密涅瓦的猫头鹰在黄昏起飞"，孤独是一个人的自由时光，能够远离众声喧哗，和自己的灵魂对话。孤独也让她格外敏感清醒，看见别人看不到的生命景象，生发出独特的生命意识。

她看见阶下新迸出的竹笋，看见满地竹影参差、苔痕浓淡，又想起《西厢记》中所云"幽僻处可有人行，点苍苔白露泠泠"；屋内阴阴翠润，几簟生凉，鹦鹉笼子挂在月洞窗外的钩上，她坐在月洞窗内，隔着纱窗调逗鹦哥，又将素日所喜的诗词教与它念；她听见梨香院里传来的歌声，"原来姹紫嫣红开遍，似这般都付与断井残垣",十分感慨缠绵,再侧耳细听,"良辰美景奈何天,赏心乐事谁家院",不禁点头自叹,再听,却是"则为你如花美眷,似水流年……"不觉心动神摇,浮想联翩,想到"花落水流红,闲愁万种",又心痛神痴,眼中落泪。

康德说:"对自然美抱有直接兴趣,永远是心地善良的标志。"木心又说:"此话可以反说,凡已不复善良者,乃对自然美丧失了直接的兴趣。"在这个时代,文青备受误解和嘲笑,但黛玉是真正的文艺青年——对生活时刻保持感受力,保持着惊奇和爱的能力,用陌生的眼睛看这个被别人熟视无睹的世界,这是多么宝贵的天性。

普鲁斯特在《追忆似水年华》里说:"即使人亡物毁,久远的往事了无陈迹,唯独气味和滋味虽说更脆弱却更有生命力;虽说更虚幻却更经久不散,更忠贞不贰,它们仍然对依稀往事寄托着回忆、期待和希望,它们以几乎无从辨认的蛛丝马迹,坚强不屈地支撑起整座回忆的巨厦。"正是敏锐细腻的感知力和洞察力,以及对自然的理解力和想象力,让他捕捉到了无限丰富的情感,从而留住了存在的时刻。大观园就是文艺青年的"似水年华",有过这样的时刻,才可以对抗时间,对抗遗忘。

人人都爱盛开的鲜花，只有黛玉会为落花哭泣。在欢乐的芒种节，她独自扛着花锄去葬花，她的《葬花吟》：

天尽头，何处有香丘？
未若锦囊收艳骨，一抔净土掩风流。

[黛玉] 风流孤独的开心果

黛玉葬花

质本洁来还洁去，强于污淖陷渠沟。
尔今死去侬收葬，未卜侬身何日丧？
侬今葬花人笑痴，他年葬侬知是谁？
试看春残花渐落，便是红颜老死时。
一朝春尽红颜老，花落人亡两不知。

不仅是对落花，同时也是对青春、生命，以及一切美好却脆弱事物的祭奠。她追问生命的终极意义，宁愿"质本洁来还洁去"，也不想跟这个世界轻言和解。这个美丽的少女，在孤独中坚持着一个清洁的诗意的自我。这优美洒脱的姿态，真可入《世说》。

魏晋的名士和才女，是宝黛的精神盟友。他们从肌肤到血液到骨头，都是风度，都是艺术。阮籍有青白眼；嵇康临刑前的一曲广陵成绝响；殷浩公然宣称"我与我周旋久，宁作我"，即使这个"我"并不完美。世界黑暗阴郁，他们却有一肚子的才华和无边的深情，他们是且悲且歌的艺术家。

谁能孤独而自由？

在传统的中国人心中，个人属于社会，最终被社会承认，才是最大的成功。对很多人来说，融入社会，就像一滴水汇入大海，一棵树隐入森林，安全系数高。反之，孤独，则是不合群，是孤家寡人、孤魂野鬼，意味着与社会格格不入，被群体放逐。查尔斯·泰勒在《本真性的伦理》一书中说，传统社会中的个体，是被"嵌入"各种有序的关系里的——与他人的关系，与社会群体的关系，与自然世界和宇宙整体的关系。而黛玉所生活的世界，秩序来自儒家"君君臣臣，父父子子"的伦理共同体，个体要靠在其间占据的位置来获得价值和意义，并形成"自我认同"。

但是，一旦被抛离既定的关系网络和生活轨道，个体就丧失了归属感和安全感。所以，千百年来，仕途多舛的诗人总在悲叹时运不济，被社会遗弃。"哀吾生之无乐兮，幽独处乎山中。吾不能变心而从俗兮，固将愁苦而终穷"，这是屈原的哀鸣；"万里悲秋常作客，百年多病独登台"，这是杜甫的自嘲；"门前冷落车马稀，老大嫁作商人妇"，这是白居易的自怨自艾，都是一肚子的不甘心。按照弗洛姆的观点，"前现代"的社会里，并不存在真正意义上的个人，因为全面适应社会的代价是公共自我的发达与内在真实自我的萎缩。一个心理学家说："只有自由才能生产真正的创造力。"

黛玉就拥有一个丰沛的内在世界、一个独立的丰富的自我。她善用孤独，并让孤独开出了诗意的花。每一个现代意义的人，每一个热爱自由的人，都能从黛玉身上认出自己。

〈叁〉

黛玉愁肠百结，眉头"似蹙非蹙"，是因为爱情。

她爱的宝哥哥，最初对爱情的理解，远不如黛玉清晰而笃定。身处花柳繁华地、温柔富贵乡的宝玉，也有一个沉重的肉身，一度分不清爱情与博爱——"见了'姐姐'，就把'妹妹'忘了"，面对宝钗"雪白一段酥臂"，傻乎乎地看成了"呆雁"；与秦钟的关系也一度很暧昧，跟蒋玉菡也掺杂不清，还跟袭人初试了云雨情。

更何况，鲜艳妩媚的宝钗，戴着明晃晃的金锁在大观园里走来走去，坊间又有"金玉姻缘"的传说呢。"道生一，一生二，二生三，三生万物"，万物因"三"而复杂，宝黛钗微妙的三人关系在书中处处呈现。宝钗和宝玉互看对方的美玉和金锁，黛玉会摇摇地走来："嗳哟，我来的不巧了！""早知他来，我就不来了。"宝玉给黛玉讲"林子洞"的故事，宝钗便过来串门，笑着问："谁说故典呢？我也听听。"

这个对世间万物都温柔相待、"情不情"的少年，需要他的命运女神带领他，穿越懵懂走向澄明，就像比阿特丽斯引导但丁，杜尔西内娅成就堂吉诃德。

宝钗鲜艳妩媚。在第六十三回"寿怡红群芳开夜宴"，她抽中的花签是牡丹，写着"艳冠群芳"。宝钗的容貌之丰美、口碑之优秀，均超过黛玉，为什么宝玉独爱黛玉？因为在他眼里，人可分为男人和女人；而女人，又有少女和已婚女人之分；再深一层，少女又可分为林黛玉式的和薛宝钗式的。

黛玉和宝玉一起读禁书，一起葬花，一起当叛徒，不走寻常路，他们有前世的渊源和牵挂，他是神瑛侍者，她是绛珠仙草……她从不说让宝玉留意经济仕途的"混帐话"，也毫不犹豫地扔掉北静王转赠宝玉的御赐香串："什么臭男人拿过的！我不要他。"她来看宝玉，会翻宝玉案头的书，看他写的文章。她看着宝玉，说："我为的是我的心。"而宝钗会托着丸药来看他，劝他"早听人一句话，也不至今日"，会时不时规劝他，去读正经书，坐在一旁绣他的兜肚……宝钗在意的，是他的世俗肉身和远大前程。

《世说新语》有一则故事："谢遏绝重其姊，张玄常称其妹，欲以敌之。有济尼者，并游张、谢二家，人问其优劣，答曰：'王夫人神情散朗，故有林下风气；顾家妇清心玉映，自是闺房之秀。'"宝钗不语婷婷，当是大家闺秀；黛玉风流洒脱，则有林下之风。曹公给黛玉的判词是"堪怜咏絮才"，说的正是谢道韫。

如果没有黛玉，没有她的爱和眼泪，宝玉的红尘之旅又会怎样？毕竟花柳繁华地、温柔富贵乡，诱惑太多了。

"木石前盟"来自一则神话：西方灵河岸三生石畔有一棵绛珠仙草，赤瑕宫的神瑛侍者每日用甘露水浇灌它，它长大后修成了一个女体。当神瑛侍者要下凡历劫，为偿还灌溉之恩，她亦要在世为人，"把我一生所有的眼泪还他"。她来到这个世界上，是要用泪水证成一段罕见的爱情。命中注定，她的爱情伴随着眼泪。

她不允许宝玉对自己有轻薄言行。当宝玉说"我就是个'多愁多病身'，你就是那'倾国倾城貌'"，她红了眼圈，嫌弃他说混话；当宝玉对着紫鹃说："好丫头，'若共你多情小姐同鸳帐，怎舍得叠被铺床？'"她会登时撂下脸来。黛玉的爱过于纯粹和深情，远超《西厢记》里的崔莺莺和《牡丹亭》里的杜丽娘，她们的世界里只有张生、柳梦梅，指向的也是世俗婚姻。

宝黛的爱情更深邃，有精神世界的相通与相知。

书中有两次"黛玉葬花"。第一次是在第二十三回，宝玉在桃花树下读《西厢记》，兜起掉落的花瓣撒到水里。她扛着花锄，锄上挂着花囊，摇摇地走来对他说："撂在水里不好。你看这里的水干净，只一流出去，有人家的地方脏的臭的混倒，仍旧把花遭塌了。那畸角上我有一个花冢，如今把他扫了，装在这绢袋里，拿土埋上，日久不过随土化了，岂不干净。"宝玉听了，连连称是。

大观园是曹公苦心营造的一个理想世界，是太虚幻境在人间的投影，在这里，宝黛们才能无忧无虑，保持其天真纯洁的天性。而外部世界是污浊的，会异化和吞噬人性。黛玉葬花，是抗拒外部世界的蚀化，给落花一个干净的归宿，至死都保持洁净和尊严。

第二次葬花是在第二十七回。那一次是芒种节，大观园彩旗飘飘，众姐妹花枝招展，送别花神，唯有黛玉来到花冢处哀悼落花："一年三百六十日，风刀霜剑严相逼。"不是在哀怜自己的身世，而是对人类生存境遇的洞察。存在主义哲学家海德格尔发现，这个世界因充满各种技术和计算，不再适合人类居住，人的存在丧失了本真性。而"质本洁来还洁去，强于污淖陷渠沟"，则是黛玉的自我选择，宁玉碎，不瓦全，清冽又决绝。

当听到黛玉吟出"一朝春尽红颜老，花落人亡两不知"，宝玉不禁恸倒在山坡之上——他由落花想到鲜花之美，又因美而想到美的凋谢，因爱而想到爱的消逝，因生而想到死，因今日欢会而想到永恒的孤寂。正所谓"人生天地间，忽如远行客"，人终有一死的虚无感，瞬间击中了他。

正由于深刻的虚无感，宝玉喜聚不喜散，而黛玉喜散不喜聚，其孤独和清醒比宝玉更彻底。一次，刘姥姥来了，贾母带着一行人坐船游览大观园，宝玉看见一片残荷，连声说可恨，想让人拔掉。黛玉却说自己不喜欢李义山的诗，唯独这一句"留得残荷听雨声"最好——既然生命总归会残破，不如翩然起舞，把残破升华成艺术。

死有多绝望，生就有多热烈。

孔子曰："未知生，焉知死？"黛玉却是"未知死，焉知生"，宝玉也是。这是存在主义哲学的"向死而生"——既然人终有一死，不如在有限的生命里，活出鲜烈、丰富和充满勇气的人生来。当宝玉挨了打，担心黛玉，便让晴雯送给她两条自己的旧手帕。黛玉体贴出其中深意，不觉神魂驰荡，也不顾嫌疑避讳，便在那两块旧帕上写下《题帕三绝》，其中一首："抛珠滚玉只偷潸，镇日无心镇日闲；枕上袖边难拂拭，任他点点与斑斑。"写完便浑身火热，面上作烧，于是病由此萌。

她决意在这个薄情的世界里深情地活着，敞开了去爱。爱，是一门艺术，是一种能力，它需要在生活中不断实践习得。爱是向对方的无畏敞开，也是勇敢接纳。弗洛姆在《爱的艺术》中说："爱是一种活动，不是一种消极的情绪，它是'永恒的'，而不是'堕入情网'。"

爱最需要的是勇气，勇气是人类最宝贵的品性。

如今，爱情不是陈词滥调，就是溺亡在生活的海洋里。现代人为了捍卫自我的安全性，追求目标的确定性，学会了计算得失，愈觉得爱情耗神耗钱，得不偿失，但《红楼梦》里有最好的爱情。

他们既是一见钟情，也是日久生情。既有神性，又充满生活的细节。黛玉写了一首《桃花行》，宝玉读着，禁不住流下泪来，宝琴骗他是自己写的，他怎么会信？因为他太懂她了。第四十五回"风雨夕闷制风雨词"，这一天下雨，宝玉又来看望黛玉，他问的是："今儿好些？吃了药没有？今儿一日吃了多少饭？"一面说，一面看黛玉："今儿气色好了些。"而黛玉看到他穿蓑衣的样子，打趣他是"渔翁"，宝玉说我要一套送给你，黛玉笑："我不要他。戴上那个，成个画儿上画的和戏上扮的渔婆了。"说完羞得脸飞红，赶紧装咳嗽。宝玉看了黛玉写的《秋窗风雨夕》，连声叫好。时间晚了，他待要走，黛玉又怕他的灯笼不亮，在雨里滑倒，拿出一个玻璃绣球灯："跌了灯值钱，跌了人值钱？"

都是家长里短，因为他们已经不需要谈恋爱了。爱已融入生活，如盐入水。

‹肆›

第三十二回"诉肺腑心迷活宝玉",湘云劝宝玉出去会贾雨村,督促他好好留意仕途学问,宝玉听了不耐烦,并说出:"林姑娘从来说过这些混帐话不曾?若他也说过这些混帐话,我早和他生分了。"正好被黛玉听见,她的反应却是又喜又惊,又悲又叹:

> 所喜者,果然自己眼力不错,素日认他是个知己,果然是个知己。所惊者,他在人前一片私心称扬于我,其亲热厚密,竟不避嫌疑。所叹者,你既为我之知己,自然我亦可为你之知己矣;既你我为知己,则又何必有金玉之论哉;既有金玉之论,亦该你我有之,则又何必来一宝钗哉!所悲者,父母早逝,虽有铭心刻骨之言,无人为我主张。况近日每觉神思恍惚,病已渐成,医者更云气弱血亏,恐致劳怯之症。你我虽为知己,但恐自不能久待,你纵为我知己,奈我薄命何!想到此间,不禁滚下泪来。

真是五味杂陈,不知如何是好。他们即使互为知己,却注定心事终虚化,"一个枉自嗟呀,一个空劳牵挂"。悲剧是天注定,也是环境挤迫的结果。在宝黛那个时代，婚姻是政治、经济联合体，爱情是不合法的，因为爱情关系中的情感主体，在人格上是平等独立的，必然会冲击儒家男尊女卑的等级伦理，破坏社会的秩序。所以，贾珍、贾琏们的偷情能被允许，是"哪个猫儿不吃腥"，爱情则成了洪水猛兽，要被严防死守。

第五十七回"慧紫鹃情辞试忙玉，慈姨妈爱语慰痴颦"，听紫鹃说黛玉要回苏州，宝玉便昏死过去，而黛玉也为此丢了半条命。两个人的心事，相当于昭告天下。长辈们是如何反应的？贾母只能把这件事当成玩笑。她能欣赏凤姐的放诞泼辣，纵容孙子不读书，却出于重重顾虑和困扰，对宝黛婚事举棋不定。她当然爱黛玉，口口声声"两个玉儿可恶""不是冤家不聚头"，内心也是把宝黛当成一对，但她也要为家族的未来考虑。同时，力主金玉姻缘的薛姨妈必须表态，她赶紧打马虎眼：哎，俩孩子从小一起长大，兄妹情深，一个说要走，自然着急，何况宝玉是个实心的孩子。这不是什么大病，吃一两剂药就好了。

把爱情当成一句玩笑、一场病，诊治一下就好了，爱情就是这样被消解的。宝黛爱情一直被困在天罗地网里，王夫人自然属意宝钗，凤姐身体有恙，她甚至拉来宝钗，跟探春和李纨一起当临时管家；薛姨妈早就放出

"金玉姻缘"的风声；元春通过赏赐礼物（唯有宝玉和宝钗的一样）表明了态度；贾母迟迟不公开表态……每个人都有自己的算盘。波澜不兴的生活之流下，其实一直暗流涌动。

宝黛爱情会有怎样的结局？后四十回续书的结局是贾母嫌弃黛玉，王熙凤想出了"调包计"，让宝钗冒充黛玉嫁给了宝玉。于是，这厢"薛宝钗出闺成大礼"，那厢则是"林黛玉焚稿断痴情"，怎一个惨字了得！白先勇先生为之击节赞赏，说这是最伟大的悲剧，精彩绝伦，应该是曹雪芹的文笔。

但我以为，续作把宝黛的爱情悲剧归罪于王熙凤和贾母，让她俩成了拨弄是非的小人。这样处理，戏剧性倒是增强了，读者也纷纷哭湿了手帕，对这两个始作俑者格外愤慨。但是，把悲剧的原因归咎于个人，反而削弱了悲剧的力量，没有导向对制度、文化和人性的深层拷问，与其说是悲剧，不如说是惨剧，也把《红楼梦》降格成了三言二拍式的小市民言情剧。

"都道是金玉良姻，俺只念木石前盟。空对着，山中高士晶莹雪；终不忘，世外仙姝寂寞林。叹人间，美中不足今方信。纵然是齐眉举案，到底意难平。"黛玉死后，宝玉大概是跟宝钗结了婚，但没有了黛玉的世界，他无法居住，便出家为僧。这种永恒又必然的缺憾，才是真正的悲剧。

续作者无法接续曹公恢宏又深邃的世界观，虽然最后让宝玉出了家，但安排宝玉跟宝钗婚后留下一个孩子，还中了举，甚至把黛玉写成了怨妇，临死前喊出："宝玉，你好……"然后两眼一翻，气绝身亡。这对负心汉的强烈控诉，应该属于满怀怨恨的霍小玉或杜十娘，不属于林黛玉。

黛玉会死，但不会死于绝望。既为还泪而来，泪尽而逝，这是为爱而生，亦为爱而死，何怨之有？一切都成空又怎样？爱与美自会不朽。借用司汤达的话，这是"活过，写过，爱过"，是一种大圆满啊。正如蒙府本无名评点："绛珠之泪至死不干，万苦不怨。所谓'求仁而得仁，又何怨'。"

"玉带林中挂"是什么意思？黛玉到底是怎样离开这个世界的？其实我并不关心。人物的命运，曹公在第五回就已全面剧透了。《红楼梦》的结构如此特别，一开篇就告知结局。我曾以为这是作者自信，是艺高人胆大，但现在却觉得，这其实表达了作者对生命的态度：重要的是生命的展开，而不是结局。是的，人终有一死，重要的不是怎么死，而是以什么样的姿态活。

《红楼梦》是本生命之书，浩瀚无边。曹公对他笔下的人物，都怀着爱和悲悯，即使对赵姨娘这样的人，也依然克制有分寸。宝钗藏愚守拙，一心做她的道德完人；王熙凤精明强悍，打造着自己的权力王国；栊翠庵的妙玉，偷偷地爱着宝玉；探春努力支撑风雨飘摇的大观园；晴雯没心没肺地撕扇；袭人在做姨娘梦……宏大的、卑微的，张扬的、隐忍的，天真的、世故的，都是生命。

生命本身也许并无对错，但"假作真时真亦假，无为有处有还无"，应有真假之分，有清浊之辨。"都云作者痴，谁解其中味？"孰真孰假？孰清孰浊？见仁见智。

我关心的是，应该选择一辈子循规蹈矩，"步子笔直，道路狭窄"，最后进了坟墓，歌还是没有唱出来，还是像黛玉那样听从内心，痛并绽放，孤独而自由，拥有一个真实而坦率的人生？

或许，二者并没有想象中的那么对立。并不是每个人都能单枪匹马地挑战生活，我们甚至不得不低声下气，与现实讲和，但这并不妨碍我们有时候做做黛玉，或者在内心里，深爱着她。

〔宝钗〕

大观园的局外人

待袭人出去,屋里只有宝钗和宝玉,她"只顾看着活计,便不留心,一蹲身,刚刚的也坐在袭人方才坐的所在,因又见那活计实在可爱,不由的拿起针来,替他代刺"。

〈壹〉

一位男性友人，理想的老婆是宝钗："她长得漂亮，又通情达理，出得厅堂入得厨房，绝对贤妻良母！"说完又由衷感慨："得妻如此，夫复何求！"

千万不要小看宝钗，《红楼梦》里争议最多的就是她，岂是贤良二字能概括的？有读者夸她完美，有人说她是封建道德的牺牲品，也有人骂她是女曹操，一肚子心机……

宝钗确实漂亮。她鲜艳妩媚，"唇不点而红，眉不画而翠，脸若银盆，眼如水杏"，康健大方，又有亲和力。黛玉和晴雯是芙蓉，探春是玫瑰，湘云是海棠，"寿怡红群芳开夜宴"一回掣花签，宝钗拿到的是牡丹，上面写"艳冠群芳"，似乎有盖过第一女主黛玉的趋势。

然而，宝钗不爱红装爱道德。薛姨妈说她"古怪着呢,他从来不爱这些花儿粉儿的"。在众人眼里,她"品格端方,容貌丰美""行为豁达,随分从时"。她住的蘅芜苑,像雪洞一般,一色玩器皆无,只有一个土定瓶中供着数枝菊花,余者只有两部书以及茶奁茶杯,连帐幔都是青色的,衾褥也十分朴素……贾母都觉得年轻姑娘的屋子这样素净,不妥。她日常穿的衣服半新不旧,色彩和款式都很低调。"琉璃世界白雪红梅"这一回,众姊妹一色的大红猩猩毡羽毛缎斗篷,皑皑白雪中,明艳照人,唯有宝钗和李纨,一个穿莲青色的鹤氅,一个穿青哆罗呢,老气横秋。

宝钗爱惜自己的淑女形象。第一次起海棠诗社,黛玉写"半卷湘帘半掩门",湘云写"幽情欲向嫦娥诉",宝钗则是这样写的:"珍重芳姿昼掩门,自携手瓮灌苔盆。"大白天都要把门关好,省得别人说闲话,又亲自拿着水壶浇花。写诗,也不放松自己的身段,主打的是展示品行,像写述职报告。刘姥姥说笑话,众人笑成一团,湘云的茶都喷出来了,唯独没有宝钗的镜头特写,她不笑。就连跟姊妹们娱乐,也十分谨慎,宝琴新编怀古诗的最后两首与《西厢记》《牡丹亭》有关,她急忙声明:"后二首却无考,我们也不大懂得,不如另作两首为是。"

宝钗还擅长输出价值观。她教育湘云和黛玉别把心思放在写诗上,毕竟针黹女红才是咱们女孩儿家的正经事;告诫黛玉别看《西厢记》那些闲书,"你我只该做些针黹纺织的事才是,偏又认得了字,既认得了字,不过拣那正经的看也罢了,最怕见了些杂书,移了性情,就不可救了";发现岫烟戴着探春送的玉佩,便围绕饰品与道德修养谆谆教诲了一番:"这些妆饰原出于大官富贵之家的小姐,你看我从头至脚可有这些富丽闲妆……总要一色从实守分为主,不比他们才是。"每次都像学霸给学渣讲题,对方只有点头崇拜的份儿。

可谓温良恭俭让俱全,仁义礼智信完备。《红楼梦》里,有男人、女人,只有她,像一个女圣人。

对宝钗这种高度自律的人,现代心理学有一个术语叫"假自我"。"假自我"是符合社会评价体系的公共自我,一个人越社会化,"假自我"就越多,源于天性的"真自我"就越少。儒家强调克己复礼、三省吾身、正心诚意,乃至存天理灭人欲,就是要约束来自本能且难以控制的天性。"真自我"是一种内在的私密的自我,重视自己的感受,行动源于自己的意志;而"假自我"则围绕着别人的感受而构建,行动的动力来自社会、文化、制度等权威的意志,即外部的评价系统。

宝钗的"假自我"就十分强大,天生就是一个社会人。她"行为豁达,随分从时""罕言寡语,人谓藏愚;

安分随时，自云守拙"，深知融入人群、被社会承认，是最安全的。

湘云要做东道起诗社，宝钗邀请她到蘅芜苑，提醒她诗社"虽然是顽意儿，也要瞻前顾后，又要自己便宜，又要不得罪了人，然后方大家有趣"，何况，开社作东，你往哪里去要钱？一番话说得湘云"倒踌躇起来"。接着还给湘云出主意说，早就听说老太太和太太她们都爱吃螃蟹，太太还说要请老太太吃螃蟹、赏桂花，咱不如一起请了，吃完螃蟹咱们再作诗。自然，宝钗早就胸有成竹，螃蟹有的，酒也有的，于是便有了热闹风雅的螃蟹宴。

一个不花钱的诗社活动，被搞成了大规模的公司年会，众人玩得开心，老太太当面夸奖，湘云也跟紧了她，实现了"多赢"。可见宝钗思虑周到，做事稳妥，当然值得赞赏。不过，诗社本来是小众活动，简单随意，海棠社就是这样——探春一纸邀约，众人高兴，起个雅号甩掉世俗身份，大家平起平坐，都是诗人，乘兴而起兴尽而返，自由一把，也没见花什么钱。也就是说，事情本来很简单，宝钗却瞻前顾后，一心想着别得罪人！当我们异口同声称赞宝钗时，很少会意识到，事情变得复杂以后，就很难再回到最初的状态。后来，诗社不就需要花钱了吗？李执还跟王熙凤要诗社的活动经费。就这样，世界越来越复杂，做人越来越难。

宝钗高超的处世技巧，确实为她赢得了好口碑，但她处处做加法，也丧失了单纯的快乐。

暮春时节，草长莺飞，黛玉看见角落里的稚笋，毕毕剥剥地生长。她伸懒腰长叹："每日家情思睡昏昏。"读《西厢记》自觉辞藻警人，满口余香。湘云喝酒作诗，割腥啖膻烤鹿肉，醉卧芍药裀，是真名士自风流。黛玉留恋春天，爱一切美好，咏柳絮也喊着"且住，且住，莫使春光别去"；探春也为美景所感，"风庭月榭，惜未宴集诗人；帘杏溪桃，或可醉飞吟盏"，何不效东山雅会，起一诗社哉；就连香菱暂住大观园，也一心要学诗，才有"慕雅女雅集苦吟诗"。这就是大观园，这就是青春。这里有爱，有美和自由。

每个人的生命中，都应该有这样感受丰沛、汁水饱满的时刻吧？有过这样的时刻，就能构筑起意义之网，超越现实，抵抗虚无。

但宝钗没有。她很忙，她的世界又大又深，不是在串门子，就是在串门子的路上。她善于观察，大观园的一点一滴——从宝玉的经济仕途到小红的眼空心大；从湘云的金麒麟到岫烟的衣衫和玉佩，还有袭人做的活计；从湘云红着眼圈欲言又止，到黛玉行酒令时的失言——都逃不过她的眼睛。她知道贾母爱吃甜食，爱听热闹的戏,就点《鲁智深醉闹五台山》;哥哥薛蟠从南方做生意回来,带来的土特产,她特意分成小份儿送给每个人,连赵姨娘都没落下。她自己也说:"只愁我人人跟前失于应候罢了。"

心理学家说:"有真自我的人,他会尊重自己的感觉。"而有"假自我"的人,"会自动去寻找别人的感觉,并围着别人的感觉转,为别人而活,他们对别人的感觉敏感,却对自己的感觉很不敏感"。毋庸讳言,拥有"假自我"的人,高度自律、情绪稳定,非常懂事。但过于强大的"假自我"会让人的生活状态高度紧张,淹没"真自我",丧失珍贵的感受力和创造力。

"薛宝钗羞笼红麝串"这一回,元春赏赐家人礼物,只有宝钗和宝玉的一样,紧接着,书中有一段宝钗的心理活动:

> 薛宝钗因往日母亲对王夫人等曾提过"金锁是个和尚给的,等日后有玉的方可结为婚姻"等语,所以总远着宝玉。昨儿见元春所赐的东西,独他与宝玉一样,心里越发没意思起来。幸亏宝玉被一个林黛玉缠绵住了,心心念念只记挂着林黛玉,并不理论这事。

有人据此说宝钗压根儿不在意金玉姻缘，非也非也。后面我会从宝钗的实际行动来分析她的"潜意识"，你就会发现，宝钗的"假自我"过于强大，久而久之，"真自我"逐渐隐入幕后，连她自己都以假为真，看不清自己了。一句话，她把自己都骗过了。"假作真时真亦假，无为有处有还无"，太虚幻境里的这副对联，当真是曹公阅尽人性千帆过后的深沉感慨。

宝钗喜欢宝玉吗？

宝玉让莺儿打络子，宝钗来了，建议给宝玉的玉打个络子络上："把那金线拿来，配着黑珠儿线，一根一根的拈上，打成络子，这才好看。"大家玩射覆的游戏，只有宝钗的谜底是宝玉的美玉……她心里时时有一块美玉在。

宝玉挨了打，她托着丸药去看宝玉，叹道："早听人一句话，也不至今日。别说老太太、太太心疼，就是我们看着，心里也疼。"刚说了半句又忙咽住，红了脸，低下头来。袭人听焙茗说可能事因薛蟠教唆挑拨，便透露给了宝钗。宝钗素知哥哥的脾性，不由得不信，便跟薛姨妈责备薛蟠。薛蟠这回真的被冤枉了，但他又跳脚又发誓，还是没人信，便赌气说因为有金玉姻缘，宝钗才护着宝玉。

脱口说出宋江心里话的，一定是李逵。宝钗的心事，还得口无遮拦的呆霸王来戳破。宝钗先是气怔了，然后拉着薛姨妈哭了，又怕母亲不安，只得含泪别了母亲，回到房里整哭了一夜。她为什么哭泣？因为被薛蟠挑破心事？还是反感金玉姻缘？没人知道。这个十几岁的姑娘，老成持重，不动声色，没人能看透她。她吃冷香丸，是要把"从胎里带来的一股热毒"压下去。"热毒"可理解为与生俱来的天性，吃冷香丸就是她后天的修炼功夫。

阿兰·德波顿在《身份的焦虑》一书的序言中说："我们的很多欲望总是与自己真正的需求毫无关系。过多地关注他人（那些在我们的葬礼上不会露面的人）对我们的看法，使我们把自己短暂一生之中最美好的时光破坏殆尽。"

她不知道，自己其实是可以争取到一点自由的，哪怕很少。

〈贰〉

在"珍重芳姿昼掩门"外，可以看到一个不一样的宝钗。

"绣鸳鸯梦兆绛芸轩"这一回，一个夏日的午后，怡红院里静悄悄的，丫鬟们躺得横三竖四，连仙鹤都在芭蕉下睡着了。宝钗来串门儿，彼时，宝玉正随便躺在床上酣睡，袭人坐在宝玉身边做针线活，宝钗问袭人绣的什么，原来绣的是宝玉贴身穿的兜肚，上面的花样还是鸳鸯戏水。待袭人出去，屋里只有宝钗和宝玉，她"只顾看着活计，便不留心，一蹲身，刚刚的也坐在袭人方才坐的所在，因又见那活计实在可爱，不由的拿起针来，替他代刺"。曹公写得含蓄，我们不免疑惑：宝姑娘在熟睡的表弟面前，绣他的内衣，这算不算失礼呢？

类似场景还有"薛宝钗羞笼红麝串"。因元春赏赐的礼物独有她跟宝玉的一样，书中写她心里没意思，路上遇到宝玉要看红麝串，她刚好戴在腕上，便拿给宝玉看。因她肌骨丰润，一时褪不下来，露出"雪白一段酥臂"，宝玉看成了"呆雁"："这个膀子要长在林妹妹身上，或者还得摸一摸，偏生长在他身上。"

这样失礼的场景，本不该属于克己复礼的淑女宝钗。不过，出现如此悖谬的情形也不奇怪，珍重芳姿的公共自我和隐秘的"真自我"之间，必然存在冲突和张力，于是出现了说一套做一套，言行不在同一频道的现象。这种"分裂"由来已久，晚明王阳明提倡"知行合一""致良知"，正是痛心于道德成为表演，伪君子遍地。

高调的道德与真实的欲望之间，藏着复杂幽深的人性。

第八回宝玉来梨香院看望宝姐姐，寒暄几句后，宝钗提出要看宝玉的玉，并拿在手上翻来覆去地看，念上面的字："莫失莫忘，仙寿恒昌。"还念了两遍，然后回头责怪莺儿为什么站在旁边，不去倒茶。莺儿说："听这两句话，倒像和姑娘的项圈上的两句话是一对儿。"宝玉便要看她的金锁，只见她"一面解了排扣，从里面大红袄上将那珠宝晶莹黄金灿烂的璎珞掏将出来"。"金玉姻缘"呼之欲出，宝钗是故意的还是无意的？就看读者怎么想了。

黛玉、湘云、晴雯这样的人，情绪都挂在脸上，根本不需要猜。而宝钗性格深沉，心思缜密又复杂，善于隐藏"真自我"，于是便让人处处看不透。曹公下笔一向含蓄，写到宝钗处就更烟云含糊，留下诸多空白，等读者调动自己的经验、智识和想象力去填补。所以，爱她之人，越看越爱；厌其为人者，越看越不对劲。

那一天，春日暖阳，宝钗扑蝶，来到滴翠亭外，无意中听见小红和坠儿在说悄悄话。她马上判断这两人在做不好的事，乃奸淫狗盗之辈，又听出是小红的声音。她对小红的判断是，"他素昔眼空心大，是个头等

宝钗扑蝶

刁钻古怪东西",于是瞬间进入战备状态。先是若无其事地寻找黛玉,说颦儿刚刚就在亭子外边撩水玩呢,怎么一转眼就不见了。就这样,使了一个"金蝉脱壳"之计,巧妙地摆脱了偷听的嫌疑,黛玉却着实躺枪了。

脂评说:"闺中弱女机变,如此之便,如此之急。"春日扑蝶,本来是一派浪漫情怀,可是"金蝉脱壳"却尽显深沉心机,不像发生在同一空间。这有点细思极恐。

有人说,这是宝钗的自我保护,是本能反应,一点儿也不过分。趋利避害,是人之本性。可是,彼时情境并不是这么简单,从一个人的反应可以窥见他的潜在意识。首先,宝钗的反应已经不算是本能了,因为她对当下利弊进行了相当审慎的判断,然后才做出了利己的选择。其次,利己当然不代表害人,但把自己都认为危险的事推到别人身上,就不只是利己了。利己与害人之间,还是有界限的,过了界就是另一码事,底线就在这儿。

还有,宝钗对小红的评判也过于苛刻。她认为小红"眼空心大,是个头等刁钻古怪东西",属于"奸淫狗盗"之辈。可是,小红只是怡红院一个低等丫鬟,负责日常洒扫,跟宝钗并不熟,这个评价很难说没有偏见。按照儒家道德,小红自然属于"不安分"之人——她有"往上爬"的野心,越级给宝玉倒茶,又留心贾芸。跟宝钗一样，脂评对小红也颇有微词，认为她是"奸邪婢"。这些人怀揣一套清洁然而窄迫的道德尺子，自然看不见"不安分"背后的人性闪光，以及生命的另一种可能性。但曹公就能看见小红的可爱，随后就让她在王熙凤面前惊艳亮相，露了一手，并被后者破格提拔。

听到"金钏跳井死了"的消息，宝钗的反应是"这也奇了"，接着便来到王夫人处道安慰。她非常冷静，一声不吭，倒是王夫人先开口说起金钏之死来，虽然没对宝钗说实情，但内心确实有些自责，所以才垂泪。宝钗却说："姨娘是慈善人，固然这么想。据我看来，他并不是赌气投井。多半他下去住着，或是在井跟前憨顽，失了脚掉下去的……纵然有这样大气，也不过是个糊涂人，也不为可惜。"

金钏的生与死，对宝钗来说，显然无足轻重。其实作为一个亲戚，她完全可以保持沉默，如果一定要安慰王夫人，那也未必非要说谎。但她不仅轻描淡写地把自杀说成失足，接下来又说："姨娘也不必念念于兹，十分过不去，不过多赏他几两银子发送他，也就尽主仆之情了。"王夫人赶紧说自己刚赏了她娘五十两银子，还想给她两套新衣服装裹，可巧手头没有。林姑娘倒有，只是这孩子多心，怕她忌讳。宝钗赶忙说自己有两套，况且金钏活着的时候也穿过她的旧衣服，身量也相对。

于是，王夫人尽显主人恩情，宝钗也对姨娘极尽关爱体贴。只是，逝者的血还未冷却，王夫人残存的良知，却被宝钗的几句话悄然抹掉了。更让人寒心的是，从宝钗的话里，我们知道，金钏生前穿过她的衣服，她们还是有交情的。

有人说这是冷静，是识大体，宝钗只是在安慰王夫人，死的已经死了，难道还要活着的人放声大哭吗？难道要让宝钗去指责王夫人吗？宝钗的谎言，确实也算不上是恶。从现实的角度，宝钗和王夫人是人情和利益的共同体，对她们而言，一个丫鬟的生死实在不算什么。

然而，《红楼梦》的价值不在于对一时一地之生存准则的肯定，而在于发现拥有广大同情心的优美人性。《红楼梦》的卓越正在于它对既存现实的反思和超越，而非为现实辩护甚至论证它的合理。无论如何，宝钗的谎言是冷酷的。如何面对一个人的死，沉默，还是说谎？并不一样。对一些人来说，什么都可以模糊过去，即使是生死问题也不必深究，没准儿还觉得这是难得糊涂。历史上，站在枉死者的尸体旁，冷漠者有之，罔顾良知大唱赞歌的道德家更比比皆是，有甚者还会擦掉鲜血，大声赞美其牺牲。如果就此轻轻带过，大家就糊里糊涂地生，糊里糊涂地死，一切照旧了。可是，死是严肃大事，应该郑重对待。

宝钗务实，却未免无情。听到尤三姐自杀、柳湘莲失踪的消息，薛蟠又急又伤心，她却并不在意：天有不测风云，人有旦夕祸福，也是他们的命，只好由他罢了。倒不如一起商议商议，请伙计们吃饭，酬谢他们一下，省得让人家说咱们失礼。

她吃下了冷香丸，一冷到底。如果荣国府没有败落，宝钗当了宝二奶奶，生了小宝玉，小宝玉长大了，身边也有一个小金钏、小晴雯，她会像王夫人那样除之而后快吗？想来，她会比王夫人出手更准、更狠、更高明吧。

〈叁〉

有人说宝钗处心积虑想当宝二奶奶。其实，她根本不需处心积虑，对手和她压根儿不是一个级别。她有淑女这张牌，有"珍重芳姿"和"不语婷婷"，何况还有强大的靠山，而黛玉只有爱情和一片冰心。

不过，宝钗也未必能看上宝玉。她称呼宝玉"无事忙""富贵闲人"，总规劝他读正经书，想着把这个不务正业的拉回正确的轨道。连宝玉夸香菱学诗用心刻苦，她也趁机教育："你能够像他这苦心就好了，学什么有个不成的。"

对宝钗，宝玉有很深的惋惜："好好的一个清净洁白女儿，也学的钓名沽誉，入了国贼禄鬼之流。这总是前人无故生事，立言竖辞，原为导后世的须眉浊物。不想我生不幸，亦且琼闺绣阁中亦染此风，真真有负天地钟灵毓秀之德！"他嗅觉灵敏，早就察觉宝钗并不属于他热爱的大观园。

大观园有青春、浪漫和爱情，花开花落，灵气十足。但这些和宝钗没有关系，就像她的寄居身份一样，她一直是大观园的过客。黛玉葬花、湘云醉卧芍药裀，诗意盎然，宝钗扑蝶却引出了"金蝉脱壳"。她从不伤春悲秋，也不开怀大笑。她咏海棠，是"愁多焉得玉无痕"，对她而言，文艺青年关心的那些花开花落、生生死死，不仅无用、奢侈，甚至有害。

一个过于冷静的人，是可爱不起来的。《红楼梦》"大旨谈情"，宝钗却"任是无情也动人"。在宝钗的世界里，有中国式的人情世故，真"情"少了些。她没有青春期，似乎一生下来就老了。当黛玉偶尔耍耍小孩子脾气，宝玉懵懵懂懂的时候，她已经会不动声色了。就像中国文化，过早成熟，老气横秋。

如果大观园代表了人类的纯真岁月，宝钗其实并不属于这里,而且最先选择了逃离。

有一篇顾城写宝钗的文章,流传甚广。他认为宝钗"是天然生性空无的人,并不须在'找'和'执'中参透看破……她空而无我;她知道生活毫无意义",把宝钗写成了一个在红尘中修行的得道高人。事实上,所谓"生性空无",以出世之心行入世之事等高妙言辞,换个角度,就是一种生存技巧——现世的好处一个也不放过,却宣称自己并不在乎这些,内心早就把一切看空。这种思想源于禅宗。禅宗是中国特色的佛教,不立文字,大道至简,烦恼即菩提,生死即涅槃,提倡在尘世里修行,把出世转化成入世。于是,砍柴担水做饭,无非是道,人人皆可成佛,人人都能宣称自己得了道,而无须验证。这确实给偷懒的人开了方便法门,成佛哪有这么简单。

有人说她造作虚伪、心机深沉,是阴谋家。其实,宝钗不是坏人,她只是活得很累也很拧巴,这当然是教养,但也是心怀恐惧。

"滴翠亭事件"的当事人只能是宝钗,换成黛玉、探春、凤姐,大概率都不会"金蝉脱壳",鸳鸯不就撞到司棋和潘又安的情事了吗?但她的处理方式是很温情的。说到底,宝钗对他人,对这个世界不敢掉以轻心,不轻易信任,这样的心态,我们很熟悉。儒家一直笃信"人之初,性本善",孟子甚至说"人皆可以为尧舜",

但《增广贤文》告诉我们"画虎画皮难画骨，知人知面不知心"。民间谚语代表的是更真实的世界，这个世界广阔而幽深，埋伏在高调的仁义道德之下。所以，宝钗活得小心谨慎，绝不开口臧否人事，"不干己事不张口，一问摇头三不知"。

在她的人生里，有智慧，有抱负，也有隐忍和算计，这不动声色匍匐前进的姿势，是典型的中国式生存智慧——要出人头地，就要先学会吃亏、示弱、隐藏欲望，是谓以弱胜强、以柔克刚。老子深谙此道，他鼓励我们示弱，因为"夫唯不争，故天下莫能与之争""无为而无不为"。原来，蹲下是为了跳得更高，吃亏是为了占大便宜！只有常年风雨飘摇、人人自危的生存处境，才能孕育出这样憋屈的生存法则吧。

宝钗身上，深藏了我们的恐惧、焦虑以及悲哀。她的困境，也是我们的困境。我们选择循规蹈矩，不敢出头，谨奉"出头的椽子先烂""枪打出头鸟"，小心翼翼地隐藏自己的欲望和野心，低眉顺眼，恨不得要讨好全世界。每一颗人心都心怀叵测，每一个日子都摇摇欲坠。

于是，现实是什么样子，我们就活成了什么样子。

按照福柯的理论，这是典型的自我"规训"。如果说制度、文化、环境、习俗、性别等是我们的"境遇"，是异己的世界，冰冷而强大，自我"规训"就是把"境遇"合理化，接受它，并且赞美它，心甘情愿地缴械投降。

然而，"现实不应该再被认为是理所当然的"。它不应该被辩护，而应该被批判，被超越。人之所以为人，就在于有自由意志，不是被给定、被规定。卢梭说："野兽根据本能决定取舍，而人类则通过自由意志。"古希腊的英雄阿喀琉斯，他母亲知道他的命运，要么一生碌碌无为，平安到死；要么成为顶天立地的英雄，但英年早逝。阿喀琉斯选择在命运面前披上他的铠甲，挺起他的长枪。

所以，尽管每个人都有自己的生命姿态，但曹公格外珍视那些能旁逸斜出，拒绝跟生活和解的人。要有宝玉，要有黛玉，要有大观园。

第二回冷子兴八卦荣国府，说宝玉抓周时，世间一切之物皆弃之不取，偏偏去抓脂粉钗环，必定色鬼无疑了。贾雨村却说：非也非也，人有"正邪两赋"——人禀气而生，气有正邪，则人有善恶。"清明灵秀，天地之正气，仁者之所秉也；残忍乖僻，天地之邪气，恶者之所秉也。"还有第三种人，身兼正邪两气，"其聪俊灵秀之气，则在万万人之上；其乖僻邪谬不近人情之态，又在万万人之下。若生于公侯富贵之家，则为情痴情种；若生于诗书清贫之族，则为逸士高人；纵再偶生于薄祚寒门，断不能为走卒健仆，甘遭庸人驱制驾驭，必为奇优名倡"。

这段话漂亮极了！接下来他列举了一些人，从陶潜、阮籍、嵇康、刘伶到陈后主、唐明皇、宋徽宗，再到卓文君、红拂、薛涛、朝云，说他们就是禀有"正邪两气"之人。这里有君王，有隐士，有戏子，有文青，他们的共同点，就是活得至情至性，拒绝被生活收编，拒绝被现实规训。他们独一无二，无法被归类，生命里有一种东西闪闪发光，就是自由意志。

宝玉、黛玉、凤姐、湘云、探春、香菱、晴雯、鸳鸯和小红等，莫不如是，但宝钗不是。

再回到开头的话题。娶了宝钗之后的日常生活，可能会是这样：你一身疲惫下班回到家，宝钗迎上来："这次有希望当处长吗？什么？泡汤了？早听人劝，也不至于如此。""你看隔壁老王多努力，你如果也这样，还有什么做不成的？"

我不是在诽谤宝钗，曹公给她的判词是"可叹停机德"，典故来自《列女传》。东汉乐羊子之妻，为了鼓励老公求官上进，拿刀割断正在织的布，告诫他不可半途而废，乐羊子惭愧不已，据说一去七年不回家。有人说他是发愤图强，我猜他是不敢回家。

娶宝钗有风险，结婚需谨慎啊。

〔王熙凤〕自由的自我艺术家

忙碌间隙,还不忘哭闺蜜可卿,
只见她吩咐一声"供茶烧纸",一棒锣鸣,
诸乐齐奏,早有人端过一张大圈椅来,
凤姐坐了,放声大哭。

‹壹›

我上中学时，语文课本上有一篇《红楼梦》节选，选的是"林黛玉抛父进京都"。这一回，重要人物一一登场。除了黛玉和宝玉，就是王熙凤，她那先声夺人的气势，甚至抢了宝黛的风头。

很多人不喜欢王熙凤。有人说她是女曹操，奸诈有权谋，让人一言难尽。比如，我中学语文老师讲到她隆重出场时，口气是这样的：王熙凤穿金戴银，打扮得珠光宝气，太俗，"双丹凤二角眼，两弯柳叶吊梢眉"，长得也有点怪。确实，《红楼梦》里美人多矣，黛玉"姣花照水""弱柳扶风"，风流袅娜，像诗；宝钗"脸若银盆，眼如水杏"，鲜艳妩媚，像花；探春"俊眼修眉，顾盼神飞"，像风。唯有凤姐，又是丹凤三角眼，又是柳叶吊梢眉，有一股特别的生猛气息。

王昆仑先生这样评论她："恨凤姐，骂凤姐，不见凤姐想凤姐。"一语道出她的复杂与丰富。

书中前二十回，足足有六回是凤姐的正传，主角光环闪闪发亮。如果《红楼梦》里没有她，会是什么样子？很难想象。看她协理宁国府，毒设相思局，乃至弄权铁槛寺，日常管家理政……一波接一波，举手投足之间，全是故事，竟是一部浓缩版的《史记》。

她的闺蜜秦可卿死了，贾珍悲痛过甚，拄着拐棍气力不支，而尤氏又告病，东府里一片混乱。宝玉向贾珍推荐凤姐来帮忙，贾珍便来见邢夫人和王夫人讨主意，一见他来，众婆娘藏之不迭，独凤姐款款站了起来。

英雄有用武之地矣！

宝玉从贾珍手里拿了对牌，递给她。她接了对牌，便开始着手理政。先是通观全局，理出头绪，总结出五大问题，思路清晰；接着统筹安排，采取分班制，有负责倒茶的，有负责添油挂幔的，有负责杯碟茶器、酒饭器皿的……从桌椅古董到痰盒掸帚、一草一苗，都有人负责。于是，责权利分明，无头绪、荒乱、推托、偷闲、窃取等弊端就不再发生了。刚上任就抓了典型，逮住一个迟到者，眉一立，放下脸：拉下去打二十板子，革一个月银米！威重令行，众人心服口服，谁也不敢怠慢。

一时间，荣宁二府两处领牌交牌，人来人往不绝，凤姐则日夜不暇，有章法有效率，筹划得十分整肃。

她忙中有细。荣国府四个执事来领牌子支取东西，她指着其中两件："这两件开销错了，再算清了来取。"宁国府一个媳妇来领牌，她笑道："我算着你们今儿该来支取，总不见来，想是忘了……要忘了，自然是你们包出来，都便宜了我。"专业能力超强，没人能在她跟前打马虎眼。

大事小事一个都不落下。忙碌间隙，还命人收拾好精致小菜，劝贾珍、尤氏吃饭；中间还不忘哭闺蜜可卿，只见她吩咐一声"供茶烧纸"，一棒锣鸣，诸乐齐奏，早有人端过一张大圈椅来，凤姐坐了，放声大哭。里外男女上下，见凤姐出声，都忙忙接声号哭。

举重若轻，身段从容又霸道，妥妥的女王范儿。此处，脂砚斋发一条弹幕："写秦氏之丧，却只为凤姐一人。"意思是，秦氏的葬礼是凤姐的舞台，她是主角，闪闪发光。连一向把自己藏得很深的曹公，也忍不住点赞："金紫万千谁治国，裙钗一二可齐家。"

大事如此身段，处理起家务小事也是好看煞。

第二十回，宝玉的奶妈李嬷嬷在怡红院里唠唠叨叨，嫌自己来了，袭人等人对自己不尊重。因老年奴仆

王熙凤

在贾府一向很受尊重,众人束手无策,连宝玉都要赔小心。凤姐听见了,知道她这是输了钱,气不顺找人撒气呢,于是急忙赶过来,拉了李嬷嬷笑着说:"好妈妈,别生气。大节下,老太太才喜欢了一日,你是个老人家,别人高声,你还要管他们呢;难道你反不知道规矩……你只说谁不好,我替你打他。我家里烧的滚热的野鸡,快来跟我吃酒去。"一面说,一面拉着就走,又吩咐丫头丰儿:"替你李奶奶拿着拐棍子,擦眼泪的手帕子。"话音未落,那李嬷嬷就脚不沾地地跟着凤姐走了。

真是口带春风。众人拍手大乐:多亏了这一阵风把个老婆子给带走了!

她性格活泼,擅长插科打诨,活跃气氛。《红楼梦》里最幽默好玩的人,就是王熙凤和林黛玉。黛玉是诗人,幽默起来也比较文雅,走的是文艺路线;而王熙凤,天生就是段子手,她一张嘴,简直集民间俚语之大成,顺口溜、歇后语信手拈来,十分接地气。

贾赦看上贾母的贴身丫鬟鸳鸯,想纳为小妾,鸳鸯拒绝,贾赦紧追不放,还放下狠话来。鸳鸯在贾母面前削发抗婚,贾母很生气,当众大发雷霆,连王夫人也跟着躺枪。虽然探春过来解了围,气氛依然十分尴尬。这时凤姐开口说了:哎呀,老祖宗,都是你的不是!老太太一听：哟，倒说起我的不是来了，你说。凤姐道：谁让你把鸳鸯调理得跟水葱似的！我要是男人，也想要呢！贾母笑起来：好啊，你就带了去，给琏儿放屋里得了。这是把皮球踢给凤姐，将了她一军呢。只听凤姐回答："琏儿不配，就只配我和平儿这一对烧糊了的卷子和他混罢。"

你看，智商、情商和气场，一个也不少！这两个人你一句我一句，倒像在打机锋。在贾母面前，谁能这样没大没小、机智有趣？唯有王熙凤。在贾母面前，她随时随地都能逗乐，不过笑归笑，她自己绝不吃亏，从不唯唯诺诺讨好老太太。相反，她自信满满，气场爆棚。再看宝钗对老太太这样拍马屁："我来了这么几年，留神看起来，凤丫头凭他怎么巧，再巧不过老太太去。"比起王熙凤，这样的奉承就显得太直白。正为此，贾母这个老人精，才真心喜爱这个跟自己旗鼓相当的"凤辣子"："我喜欢他这样，况且他又不是那不知高低的孩子。家常没人，娘儿们原该这样。横竖礼体不错就罢，没的倒叫他从神儿似的作什么。"老太太就爱她这种"泼皮破落户"的样子。

王熙凤这个彪悍的女人，时刻都在挑战传统的道德和审美。

贵族家的少奶奶，难道不应该是举止稳重、温柔贞静吗？不！她蹬着门槛子，拿耳挖子剔牙；一边挽起袖子，跐着门槛吹过门风，一边放狠话；贾珍进屋，别的女人慌忙躲出去，独有她款款地站起来；贾母带刘姥姥坐船游览大观园，她立在船头撑船；秦可卿的送葬路上，她公然喊小叔子宝玉同乘："好兄弟，你是个尊贵人，女孩儿一样的人品，别学他们猴在马上。下来，咱们姐儿两个坐车，岂不好？"男女授受不亲，叔嫂同车更是大忌，她不管。

就是这么任性！

王熙凤是英雄。英雄才智过人，元气淋漓而无所顾忌。于是，在那些被道德压弯了腰的"正经人"眼里，她就成了一个"败德"者，所以总被疑心有作风问题。有人论证她跟贾蓉之间不清不楚（程乙本多了凤姐跟贾蓉暧昧的情节，其他抄本并无），还有人说她"养小叔子"，信誓旦旦地说是宝玉。她能看上贾蓉？至于想到宝玉头上的人，你这么龌龊你自己知道吗？

阮籍的邻居是一个美少妇，当垆卖酒，阮籍喝醉了，随便睡倒在沽酒西施旁；嫂嫂要回娘家，他偏要出来道别。有人嘲笑他有违礼法，男女授受不亲，他却说："礼岂为我辈设矣！"是的，有人不需要把礼法刻在脑门上，因为内心一片坦荡，不需要时刻证明自己。只有那一肚子忐忑的人，才处处拿出规矩和礼法，标榜自己。

尼采提出，道德是弱者用来束缚强者的枷锁。所以他的超人要"重估一切价值"，蔑视现存的道德。道德当然不可缺，否则人将不人、群亦不群。但是，道德源于习俗、利益、对善的追求和同理心，并非天经地义，一成不变。当有些道德不再合乎人情、人性，反而压迫个体、抹杀创造力时，难道不应该质疑甚至打碎它吗？"从来如此，便对么？"

凤姐是英雄，英雄惜英雄。她最欣赏的是三姑娘探春。

凤姐生病了，探春当代理管家，一上任就遇到赵姨娘抚恤金事件。平儿来告诉她探春如何如何处理，她禁不住连声喝彩："好，好，好，好个三姑娘！我说他不错。"探春拿她开刀，对她很不客气，她却毫不介怀，还叮嘱平儿要好好帮助并维护探春。这气度，这胸怀，并不多见。

英雄自会识人。她格外照看穷亲戚岫烟，因为她温厚大方，不像其姑妈邢夫人；王夫人怀疑晴雯作风有问题，她特意加以回护；对乡下来的穷亲戚刘姥姥，也款待有礼，出手大方；与贾母身边的鸳鸯互敬互重；和东府里的秦可卿交好；发现丫鬟小红嘴巴伶俐能力出众，便破格将其提拔到自己门下，可谓不拘一格降人才。

英雄也从不藏藏掖掖，而是敞亮直接。她张口说破李纨吝啬。骂赵姨娘："也不想一想是奴几，也配使两三个丫头！"还当面数落尤氏："你又没才干，又没口齿，锯了嘴子的葫芦，就只会一味瞎小心图贤良的名儿。"一双丹凤三角眼，识破世道人心，假人和庸人纷纷现形。

〈贰〉

曾经有人问："《红楼梦》里哪个细节，最让人细思极恐？"有人答："王熙凤和宝钗，从没说过话（仅指前八十回）。"

凤姐和宝钗也有过对话，只不过是日常交谈，没什么深意。第二十五回凤姐送茶叶，黛玉说味道不错，宝钗说颜色不太好看。第二十九回清虚观打醮，宝钗嫌热，不想去，凤姐说：那里凉快！我找人打扫好了。虽然两人没什么交往，在背后却有过互评。跟平儿说家务时，凤姐说宝钗不错，不过她"不干己事不张口，一问摇头三不知"，明哲保身，有事也不好问她。相比之下，宝钗对凤姐的态度就没那么客气了。她见岫烟穿得单薄，便问："必定是这个月的月钱又没得。凤丫头如今也这样没心没计了。"一向不臧否人物的宝钗，能这样说凤姐，可见内心并不认同她。黛玉打趣刘姥姥是"母蝗虫"，众人都笑，宝钗夸黛玉幽默，还拿凤姐来对比：凤丫头能说会道，就是没啥文化，俗了，不像颦儿，雅！

宝钗是主流淑女，自然看不上自带强盗气质的"泼皮破落户"凤姐。

没文化虽是凤姐的软肋（后来也学会看账本识些字了），但她对大观园有天然的亲近。芦雪广众人联诗，她要起个头，说出了"一夜北风紧"，虽是一句大白话，却给后写者留下了余地，不俗。可见，凤姐跟大观园是有精神渊源的。

她也是大观园的保护者。出于爱护，她建议在园子里设一个小厨房，免得宝玉和姑娘们走这么远去吃饭。探春和李纨请她当诗社的监社御史，她痛痛快快地答应："我不入社花几个钱，不成了大观园的反叛了？"

丫鬟傻大姐在大观园假山旁捡到一个绣春囊，王夫人如临大敌，派凤姐带王善保家的，连夜去抄检大观园。王夫人的命令，王熙凤不能违抗，但她一路上消极怠工，偷工减料，一会儿安抚维护黛玉，一会儿又暗助探春。探春打王善保家的耳光进行反击，侍书又跑出去数落这个婆子，王熙凤在一旁偷乐。在迎春那里，司棋的书信被抄检出来，私情暴露却神色自若，她看在眼里，心中暗暗惊叹。

对宝黛二人，凤姐更是青睐有加。她说宝玉"女孩儿一样的人品"，可谓宝玉的知己。在众人面前，跟黛玉开玩笑："你既吃了我们家的茶，怎么还不给我们家作媳妇？"又指宝玉道："你瞧瞧，人物儿、门第配不上，根基配不上，家私配不上？"对宝黛爱情，她的态度不言自明。

后四十回里的王熙凤却一反常态。贾母极力赞成宝玉和宝钗的婚事，她就投其所好，想出了"调包计"，骗宝玉以为是娶黛玉，实是宝钗。续作者眼里的王熙凤，跟前八十回有很大的出入。前八十回里的王熙凤，当然不是一个好人，也有毒辣的一面，但绝不如此阴狠、下作。

说到她的毒辣，很多人说，她要对贾瑞的死负责，还有尤二姐。平心而论，她并非一心要整死贾瑞。对贾瑞，她屡次作弄，也是警告。可惜，贾瑞被情欲蒙住了双眼，盲人骑瞎马，夜半临深池，终于病倒，最后连"风月宝鉴"都救不了他。说到底，贾瑞是死于自己的欲望。

至于尤二姐，我也要帮凤姐说几句。

凤姐的丈夫贾琏，一直都不检点，有机会便偷鸡摸狗。《红楼梦》中唯一的情色场面，主角就是贾琏和多姑娘，曹公写他"丑态毕露"，作风可见一斑。后来他又勾上鲍二家的，被凤姐当场撞破，以致闹到了贾母那里。贾母自然回护凤姐，但对贾琏偷腥的态度却很暧昧：哪个猫儿不吃腥，打小儿世人就这么过来的。贾琏给凤姐赔了不是，她又警告凤姐："不许恼了，再恼我就恼了。"还说贾琏偷鸡摸狗，把脏的臭的都往屋里拉……竟是嫌他找的对象不上档次。

传统婚姻制度是一夫一妻多妾制，对男性非常宽容，男性拥有性特权，对女性却严防死守，婚姻是女性的牢笼，却是男性的庇护所。胡子花白的贾赦还看上贾母身边的大丫头鸳鸯，要纳为小妾；严肃方正的贾政也有一个赵姨娘、一个周姨娘；东府里的贾珍和贾蓉父子更是肆意作为，贾珍染指儿媳秦可卿，又跟二尤不明不白。而邢夫人主动找鸳鸯说合，清代沈复写的《浮生六记》里，芸娘一心替老公物色小妾，男性特权甚至已经内化为女人的美德了。

王熙凤才不认这一套，她的词典里没有贤妻的概念。不服气的还有一个潘金莲。在《金瓶梅》里，她最美丽，最聪明，最有才情，在妻妾内斗中战斗力也最强、最狠，当然最后死得也最惨。评点者张竹坡说：孟玉楼清心寡欲，遂善终；潘金莲欲望太强又不知收敛，所以不得其死。潘金莲被钉在耻辱柱上很多年，没人敢为她平反，也没人敢喜欢她。问题在于潘金莲没有选择的机会，她一直被卖来卖去，其"力比多"固然强大，但如果社会和制度能给她提供更多机会，也不至于变态至此。

是啊，如果广阔天地大有作为，憋在家里跟西门庆的那些女人较什么劲呢？庆幸的是，王熙凤的世界比潘金莲大，曹公让她走出内帷，得以施展身手，成了荣国府的实权人物，管家理政，威风八面。

细究一下，王熙凤的人生和潘金莲一样脆弱，都被困在男权文化的天罗地网里。她的地位、她的价值，其实都依赖于她与贾琏的婚姻，一旦婚姻出现问题，一切都将化为泡影。倘若贾琏要休她，连贾母都无能为力。所以，撞破了贾琏跟鲍二家的偷情，她只敢打鲍二家的，迁怒于平儿。贾琏仗着酒劲提剑追赶，她跑到贾母那里求救，喊："老祖宗救我，琏二爷要杀我呢！"她不能表现出吃醋，因为她的愤怒得不到支持。要知道，吃醋不仅是不懂事，而且是"七出"之一。"七出"即不顺公婆、无子、淫、妒、恶疾、多言、窃盗，个个都是紧箍咒，解释权又都掌握在男性手里。

所以，她比荣国府的男性都能干，但最终还要受制于他们，没有任何自主权。所以，贾琏偷娶尤二姐，王熙凤如临大敌。贾琏在外购房，又让下人赶着喊"奶奶"，不像以前的胡闹，像是来真的。何况二姐又深得下人喜爱，如果再生个儿子，自己的地位将严重不保。

为了捍卫自己的利益，她必须对尤二姐开战。她没有同盟军，长辈、道义和制度都不支持她，一切都要靠自己。

她首先冷静下来，想好了对策，趁贾琏出差，带着心腹直接找上门。穿着一身月白色衣裳，贤良得体，对尤二姐说了一番话，懂事又体贴，尤二姐欢欢喜喜搬进了贾府，她早忘记兴儿是怎么评价凤姐的了。

其次，在贾母面前卖力表演贤良和大度，把尤二姐主动领到老太太面前：老祖宗，你看这妹妹比我好看吧？同时悄悄换掉了尤二姐的丫鬟，另派自己的心腹"伺候"她。这心腹的名字却叫善姐，曹公善谑。

她还跑到宁国府，又哭又闹，搞得支持偷娶的尤氏和贾蓉使劲道歉，进退两难，还赔了五百两银子给她；打听出尤二姐原来有婚约，曾许配给张华过，便让旺儿找到张华并撺掇他去告贾琏国孝家孝期间娶亲……

不久，因贾琏做事妥当，贾赦把秋桐赏给了贾琏，眼中钉未走，又来了一个肉中刺。王熙凤索性挑拨秋桐仇恨尤二姐，自己躲起来看热闹，这叫"弄小巧用借剑杀人"。因凤姐和秋桐添油加醋，贾母开始嫌弃尤二姐，"众人见贾母不喜，不免又往下踏践起来，弄得这尤二姐要死不能，要生不得"。贾琏正和秋桐打得火热，也顾不上她。当初，贾琏在枕畔甜言蜜语对她许下诺言，说等母老虎王熙凤一死，就把她扶正。如今，早把诺言抛到九霄云外。

最后，尤二姐不明不白地流了产。世界那么大，尤二姐却无路可走，以至含泪吞金自逝。

世人都怪王熙凤害死尤二姐，但这是一个多重力量导致的悲剧，王熙凤充其量是主导者，尤二姐自己也难辞其咎，贾琏是始作俑者。贾琏的不作为，显得凤姐格外狠辣。大家一般把枪头对准凤姐，却把贾琏给轻易放过了，似乎他伤心一番，就赎尽了所有罪责。

这是一个悲哀的故事。尤二姐临死前，一定感受到了这个世界的冷酷。至于王熙凤，她那豹子般的敏锐和强悍，狐狸般的精明和狡猾，装出来的小白兔般的贤良和无辜——堪堪一个女曹操。

⟨叁⟩

秦可卿曾夸她："你是个脂粉队里的英雄，连那些束带顶冠的男子也不能过你。"不过，英雄既可以"协理宁国府"，也可以"弄权铁槛寺"。

给秦可卿送葬至铁槛寺。族中诸人皆暂在铁槛寺下榻，独凤姐嫌不方便，带着宝玉等人到附近馒头庵住下。馒头庵的老尼姑净虚，晚间趁机来找王熙凤，说一个李衙内看上了一个张财主家的小姐，但小姐已许配给守备的公子。李衙内定要，守备家偏不退亲，打起了官司。想求贵府疏通一下节度使老爷，守备就不得不依了。凤姐说自己懒得理会。净虚叹口气：张老爷知道我来求府里了，如今不管这事，还以为府里管不了呢。凤姐一听，便来了劲儿："你是素日知道我的，从来不信什么是阴司地狱报应的，凭是什么事，我说要行就行。你叫他拿三千银子来，我就替他出这口气。"

果然，第二天，她便悄悄把事交与来旺，假托贾琏修书一封，疏通关系，手到擒来。只是没想到，守备被迫退婚后，张财主的女儿金哥知义多情，自缢而死。守备的儿子闻说，也投河而死。凤姐不费吹灰之力，坐享了三千两。潘多拉的盒子打开了，自此她胆识愈壮，便恣意作为起来。

不怕报应，就没什么敬畏心。活在当下，就是凤姐的哲学。她是黑格尔所说的"自由的自我艺术家"——只有此时此地，只为现世负责。

凤姐下手狠辣，工于心计，但她行事不遮遮掩掩，作恶亦明目张胆。中国传统社会里，多的是小人、伪君子，比如岳不群之流，层出不穷。阴谋诡计厚黑术，个个高深莫测，装神弄鬼，像暗夜里的鬼火，除了吓人还让人格外恶心。相比之下，敢于在阳光下亮出利刃的，反而多了份敞亮和不羁。

坏人比好人聪明，恶人比善人勇敢。

一个心理学家说："自恋、性和攻击性，是人的三大动力。"通常我们讨厌自大，忌讳谈性，强调克制愤怒，但这些"坏东西"，往往代表着生命的活力。那些能直接展现这些能力的人，虽然易引发争议，但也更容易拥有激情和创造力。我们为什么觉得自恋不好，性是洪水猛兽，攻击力是可怕的？是因为我们的文化不接纳、不承认。儒家文化就强调修身养性，克制这些原始本能。

潘金莲对性爱的追求，王熙凤对权力和金钱的贪欲，都显得过于强烈。但是她们的欲望、愤怒与虎悍的生命力，反而让她们成了最特别的"这一个"。在强调温顺和服从的文化里，"这一个"充满了丰富的可能性，如果有合适的机会，她们是可以开创新世界的。

王昆仑先生说，王熙凤有一颗深刻而强大的灵魂。诚哉！

因为强大，又可爱，又可怕。有能力做事，也有能力作恶。一旦被欲望驱使，又没有道德和信仰的约束，开弓没有回头箭，就很难回头了。所以，贾母喜欢她，也担心她："我虽疼他，我又怕他太伶俐也不是好事。"结果一语成谶。

其实书中处处有谶语，有警醒，只是当事人执迷不悟罢了。

可卿临死前，托梦给王熙凤：婶婶，你是脂粉堆里的英雄，男子都不如你。要晓得"月满则亏，水满则溢"，又"登高必跌重"，万不可忘记乐极悲生，"树倒猢狲散"。又叮嘱她，在祖茔附近多置办田庄房舍地亩，即使以后败落，子孙也可读书务农，有退路。瞬息繁华，盛筵必散，切记切记！然而，可卿的葬礼，却成了凤姐的高光时刻。得意之际，她到底把闺蜜的嘱托和警告，忘了个一干二净。

凤姐下榻的馒头庵，原名水月庵。曹公说，因为水月庵的馒头做得好吃，所以又叫馒头庵，其实这是障眼法。"纵有千年铁门槛，终须一个土馒头。"馒头庵与铁槛寺，就是生与死的距离，可惜世人不明白。凤姐更是迷恋于权力与荣耀，被欲望蒙住了眼。

馒头庵的净虚，就是抓住她争强好胜的心理，步步诱她入局。贾芸找王熙凤求差事，也是投其所好：昨儿个我母亲还在跟我感慨,婶子身子单弱,却这么能干,亏她厉害。我刚好得了一点儿冰片、麝香,也只孝顺给婶子才合适。王熙凤一听,得意又欢喜。

这就是人性。

曹公是偏爱王熙凤的。一个作家倘若不爱他笔下的人物,便刻画不出她的复杂、深刻和强大。他给王熙凤的判词是:"凡鸟偏从末世来,都知爱慕此生才。"画上是一只雌凤,却立在冰山上。王熙凤是凤凰,能力非凡,奈何身处末世,力不从心,所以是"生前心已碎,死后性空灵"。她是豹子,但森林已经消逝;她是野马,却没有了草原。

"千红一哭,万艳同悲",凤姐的悲剧格外地令人唏嘘。表面上她独得贾母的宠爱,赫赫扬扬,但她的日子其实并不好过。出力的是她,操心的是她,处在风口浪尖的是她,倒霉的也是她。

荣国府是一个小社会,有不同的利益群体,少不了心怀鬼胎,钩心斗角。用探春的话,"个个不像乌眼鸡似的,恨不得你吃了我,我吃了你"。那些有着"全挂子的武艺",动辄不合作的下人们,在背地里说她坏话,诅咒她;她的正牌婆婆邢夫人,也总找她的碴儿,挑她的刺,在众人面前对她冷嘲热讽,让她下不了台;而那个角落里的失意者赵姨娘,更是买通了马道婆作法，害得她差点丢了性命；就连王夫人见了绣春囊，也气急败坏地跑来责骂她。

人人都看到王熙凤威风八面，却很少有人能体会她的辛酸和悲苦。联诗时她脱口而出"一夜北风紧"，内心的忧惧可见一二。

丈夫贾琏更是屡次背叛和伤害她，一离了她便要生事，偷鸡摸狗。我们再来看王熙凤的判词："一从二令三人木，哭向金陵事更哀。"按照拆字法，"三人木"就是"休"。这个男人对王熙凤，先是服从，后是冷淡，最后给了她致命的一击：把她休了。

贾琏对凤姐，还不如西门庆对潘金莲。说起来，西门庆其实死于潘金莲的纵欲，他喝得烂醉，后者给他灌多了胡僧药。潘金莲还做过很多恶毒的事，官哥、李瓶儿和宋惠莲的死，都有她的份儿。但西门庆临死，最抛不下的还是她，快断气了还恋恋叮嘱："我死后，你姐妹们好好守着我的灵，休要失散了。"又指着金莲对大老婆吴月娘说："六儿从前的事，你耽待他罢。"

比起贾琏的"一从二令三人木"，西门庆真的算有情有义了。

再看大洋彼岸的郝思嘉，美国小说《飘》里的女主角，那么自私自利、贪婪成性、颐指气使，又雇用战俘，又抢妹妹的未婚夫，其道德"败坏"，比王熙凤有过之而无不及。但她是时代英雄，成了美国精神的代言人，一直被赞美。而歌德在《浮士德》里，也让天使们接走了浮士德，上了天堂，并唱道："凡是自强不息者，到头我辈均能救。"尽管浮士德也曾做过错事和恶事。

而王熙凤的下场却极其悲惨。脂砚斋评语曾透露，丢失的结局里"薛宝钗借词含讽谏，王熙凤知命强英雄"一回，有"凤姐扫雪"的情节，是写王熙凤被休后，成了贾府最低等的仆妇，在穿堂门扫雪干粗活。

呜呼，我为凤姐一大哭！英雄就是这样被报答的。

《红楼梦》的开端，是女娲炼石补天，唯独剩下一块顽石弃之不用，顽石哀叹"无材可去补苍天"。这何尝不是曹公的沉重叹息呢！传统的中国文人，内心都深怀补天救世的情结，修身齐家治国平天下是主旋律。即使写尽了男性的沦落，历史和文化的全线溃败，在这"忽喇喇似大厦倾，昏惨惨似灯将尽"的末世，曹公还是怀着希望、爱和悲悯，写了王熙凤和探春这两个补天者。

如果没有王熙凤管家理政，荣国府也许早就崩溃了。当然，这个补天者，既深刻，也驳杂。一方面入主尘世，"意悬悬半世心"，强劲有力；另一方面，也沾染了男性世界的浊臭气息，精明能干却利欲熏心。再加上大权在握，不免为所欲为，恶行也被放大；更何况，她又不大识字，精神层面先天不足，缺乏更高远的追求。对此，曹公毫不讳言。

《红楼梦》从不出示浮泛的人性和理想，它呈现的是生命的广阔和深邃。

比王熙凤更理想的补天者，是三姑娘探春，一个比王熙凤更有见识、更有情怀的女性。那是另一个故事，一个在虚妄中寻找希望，于深渊中得救的故事。

〔探春〕

被放逐的英雄

却见探春率领丫鬟们,早就秉烛开门以待。
她冷笑道:我的丫头是贼,我就是窝主。
你们要搜,就搜我的,她们偷的都在我这里藏着呢。

‹壹›

在文艺青年扎堆的大观园，探春并不显眼。她没有黛玉超逸，不如宝钗雍容，也比不上湘云爽利，就连作诗也总是中等水准，没拿过第一。但她"俊眼修眉，顾盼神飞""才自精明志自高"，这朵带刺的玫瑰花，自有一番冷峻与霸气。

有人说，她有本事，就是对亲娘赵姨娘太冷漠了，这是人品上的瑕疵，让人寒心。唉，为何提起探春，就必定要跟赵姨娘进行道德捆绑呢？这个"俊眼修眉，顾盼神飞，文彩精华，见之忘俗"，众姑娘中最强悍的妞儿，怎么就被逮住这事，说个没完呢？

因凤姐小恙，探春、李纨和宝钗三人被委任为临时管家，联合"执政"。新官甫一上任，一桩棘手事就来了。吴新登家的来禀告：赵姨娘的兄弟死了，丧葬费用该给多少？吴新登家的装糊涂，外面还有一群媳妇婆子也等着看探春如何处理，个个心里打着小算盘——如果探春做事精明呢，以后就老老实实，否则就浑水摸鱼。

李纨图省事，她认为袭人的妈过世时，赏了四十两，那就跟袭人一样好了。探春却叫住吴新登家的：先别走，我记得咱们家是有先例的，查查账本再说。果然，账本拿来，探春一看：外头买来的姨娘，赏四十两；家生的姨娘，二十两。袭人是买来的，而赵姨娘的父辈也是荣国府的奴才，是家生的。探春就说，按规矩，就给二十两。原本等着新领导出洋相的下人们，眼见探春精明又果断，糊弄不了，个个都伸舌头。

然而，赵姨娘不满意，急急地跑来找探春，而且听不进解释，张嘴闭嘴就是要钱：怎么只给二十两啊！我熬得越发连袭人都不如了！你别只顾讨太太的欢心，也拉扯拉扯我啊！探春不松口：这是规矩，我也没办法。一来二去，双方言语冲突升级，赵姨娘嚷：你舅舅死了，你现在管家，能做主，我是你亲娘，多给点钱有这么难吗？你分明是拣高枝飞去了，忘了本！探春气哭了：别拿出舅舅说事，我舅舅刚升了九省检点，哪里又跑来一个舅舅？何苦呢？总是翻腾出来，生怕人家不知道我是姨娘生的！

现代人听探春这样说，确实感觉有点古怪：赵姨娘是探春的亲娘，她的兄弟自然是探春的舅舅，怎么探春就不认了呢？

论正理，探春也没说错。因为按照那个时代的妻妾制度，小妾生了孩子，荣誉归正房，孩子也归正房。孩子是主子，母亲却是奴才，孩子不能和生母亲近，不能认生母是亲妈，所以探春尊称王夫人是"太太"，喊生母"姨娘"，王夫人的兄弟才是探春的正牌舅舅。《金瓶梅》里，李瓶儿生了官哥，但官哥的亲事，她却一点儿也做不了主，全凭老大吴月娘安排。清河县土财主尚且如此，何况贾家这样的世族大家？

这样看来，女儿对生母说出这番话，与其说是冷酷，不如说是悲哀。在这种反人性的制度下，期待探春和赵姨娘演绎温馨母女情，对探春是不是有点太苛刻了？

有人说：不管怎样，这是她亲妈啊！儿不嫌母丑，子不嫌家贫。赵姨娘满肚子小心思，因为生了探春和贾环，更是处处要争口气，偏偏性格颟顸小气，于是蠢招频出，四面受敌。她会因为一点子小事就去骂芳官，还和芳官的三个小伙伴扭打成一团，杀敌三千，自损一万。为了争夺家产，她甚至贿赂马道婆作法，差点害死凤姐和宝玉……儿女也只是她长脸、获取利益的工具。对贾环和探春,她没有关爱,有的是打击和剥夺。贾环在宝钗处跟莺儿玩游戏,输了钱耍赖,被宝玉教育,心情很坏。回到家里,非但没被安慰,还被赵姨娘骂:"谁叫你上高台盘去了?下流没脸的东西!"现在又为了二十两银子,不惜拆探春的台。

回到这件事上来。赵姨娘不依不饶,探春内心悲苦至极,禁不住掉下泪来:"如今因(太太)看重我,才叫我照管家务,还没有做一件好事,姨娘倒先来作践我。倘或太太知道了,怕我为难不叫我管,那才正经没脸,连姨娘也真没脸!"

这个一向冷静的女孩,终于绷不住了。可怜而愚蠢的赵姨娘,她哪里懂探春的眼泪?她甚至不知道,当初自己求彩云偷王夫人房里的玫瑰露,事发,平儿是看在探春的面子上,才没把事情闹大。

日前看到一段话:"(探春跟赵姨娘的争吵)说明她不再是一个伶俐剔透的女儿,而是一个政治家,此时的她像个最冷酷刻薄的政治家。"那么,探春该怎么做呢?仗着自己有管家的权力,多赏给亲娘二十两银子?可一旦这么做,以后还怎么做事?要知道,那些下人们可都等着看笑话。

公私分明、尊重规则,探春能做到这样已经相当了不起了,还要求她伶俐剔透、温情脉脉,是不是太苛求了？出得厅堂，入得厨房，还得按标准方式抚慰亲娘，那是美国电影《复制娇妻》里的克隆人吧？再说了，政治家又有什么不好？刻薄冷酷的不是政治家，而是政客。搅浑水的政客太多了，导致一提起政治，就联想到诡计、虚伪、冷酷、自私……政治从来不美好，但也不应该是阴暗肮脏的。美剧《纸牌屋》的原著作者在一次访谈中说："政治家不会一心要获得人们的喜爱，撒切尔夫人就从来没有被爱戴过，但人们尊重她。"政治家本来就不擅长打感情牌，政客才喜欢。

探春一贯冷静而理性，做人做事有原则。赵姨娘和芳官们打成一团，探春闻讯赶来，叹气道："这是什么大事，姨娘也太肯动气了！我正有一句话要请姨娘商议，怪道丫头说不知在那里，原来在这里生气呢，快同我来。"探春哪里有事情跟她商量，不过是给她一个体面的台阶下，把她哄骗走而已。有女如此，应该庆幸，可惜赵姨娘永远不明白。

大观园里不仅有诗，也有生活和政治。

曹公不忍埋没"才自精明志自高"的三姑娘，特意安排凤姐小恙，让探春出面管家理政。她做起事来，可谓精彩纷呈，明察秋毫，揭破下人的谎言；发现两项重复的开支，一是宝玉、贾环、贾兰的学费，一是姑娘们的化妆品开销，于是该削的削，该减的减。她去赖大家的花园做客游玩，也能找到灵感。发现他家花园的花草居然可以卖钱，一年下来可得二百两银子！探春的头脑小宇宙开始爆发：大观园比赖大家的园子要大一倍不止，各种花草就可以卖四百两银子了。

作为一个女孩子，她眼中的世界，如此宏阔而深远。

确实，该有人来筹划一下了。此时，荣国府的日子越发艰难，元春省亲，银子花得像流水；日常迎来送往，满府人丁，节日寿诞……通通要花钱。冷子兴开篇就八卦过：荣国府外面的架子虽未甚倒，内囊却也尽上来了。而从第七十回始，越发露出那下世的光景：老太太过生日，王夫人拿不出钱来，要凤姐拿铜锡家伙当了三百两银子；尤氏在贾母处吃饭，却只有下人吃的白粳米饭了；管家林之孝还对贾琏提议裁一些下人，减些费用。

贾家的政治，原本是男性成员的分内事，但他们个个忙着放纵欲望，无心于此。贾赦忙着抢石呆子的扇子，惦记着纳小妾，居然看上了鸳鸯；贾政镇日与清客们闲聊，"不惯于俗务"；贾珍迷恋喝酒赌钱，打儿媳妇的主意；最能干的贾琏，也总是寻花问柳，惦记着偷老太太的东西出去卖……于是，家族重任落到了女性身上。

对于家族的弊病，王熙凤其实也明白，但她有时会被贪欲蒙住眼，看不远。虽然能力出众，却也贪婪、狠毒，把众人的月钱拿出去放高利贷，弄权铁槛寺，不免沾染了男性世界的浊臭气。探春没她气场强大、手段刚强，但她重视立法，尊重规则，公私分明，是另一种霸气，更让人神清气爽。

这一天，宝玉过生日，林之孝家的带着一个媳妇过来，告诉探春这个人不行，要撵出去才好。探春问："怎么不回大奶奶？"又问："怎么不回二奶奶？"然后才说：就按她们的意思办吧，等太太回来，我再说一下。黛玉看在眼里，忍不住对宝玉说："你家三丫头倒是个乖人。虽然叫他管些事，倒也一步儿不肯多走，差不多的人就早作起威福来了。"颦儿眼亮，这是夸探春谨慎呢。能对权力保持如此审慎的态度，不专权，很难得。

探春比王熙凤更有见识，也更有情怀。这一点，凤姐自己也承认。从平儿处得知探春的理家举措，她忍不住连声喝彩："好，好，好，好个三姑娘！""他虽是姑娘家，心里却事事明白，不过是言语谨慎；他又比我知书识字，更利害一层了。"

英雄惜英雄，能理解并真心赏识探春的，还是凤姐。

探春的世界，明朗阔达，一如秋爽斋的敞亮大气。秋爽斋的三间屋子没有隔断，放着花梨大理石大案，案上是名人法帖、宝砚和笔筒；旁边斗大的花囊里，插的是白菊；墙上挂的是米芾的《烟雨图》和颜鲁公的墨迹，"烟霞闲骨格，泉石野生涯"；后院种的是细细的梧桐树，没有一点儿脂粉气，一派豁朗。她喜欢的小玩意儿也是"朴而不俗，直而不拙"，一如"柳枝儿编的小篮子，整竹子根抠的香盒儿，胶泥垛的风炉儿"。

她就是这样一个女儿。不袅娜，不妩媚，却有飒飒英气，一种独特的中性美。

她既能管家理政，一派肃然，也能跟姐妹们诗情画意，文艺一把。海棠社就是她发起的："孰谓莲社之雄才，独许须眉；直以东山之雅会，让余脂粉。"值此大好时光，青春岁月，何不作诗？从此，大观园有了一次又一次的雅集，把文艺活动进行到底。诗，对大观园，是何其重要！诗可言志，也可自我拯救。作诗，是在阴暗卑污的现实之外，营造一个诗意的世界。

不得不说，庶出和赵姨娘是她永远的心结，难言之痛。她给宝玉做鞋，说赵姨娘见识阴微鄙贱、做事昏聩："我只管认得老爷、太太两个人，别人我一概不管。"话说得确实不温情脉脉，但也是她的实际处境，同时，也是她的努力自救。

"酸甜苦辣我自己尝,喜怒哀乐我自己扛;我就是自己的太阳,无须凭借谁的光。"这自己成全自己的霸气,正是探春的范儿,她是真正的女汉子。

正因为如此,没人敢小看她。她是励志的典范,活得骄傲而有尊严。并不是所有人都会被出身或环境困死的,这个世界还有自由意志:出身不能选择,但可以选择成为什么样的人,选择以什么姿态活着。

〈贰〉

一友人读了我写宝钗的那篇文章,问:"既然探春和宝钗都是现实主义者,何以尊探春而抑宝钗耶?"

因为宝钗做人,探春做事。宝钗吃着冷香丸,珍重芳姿,不语婷婷;而探春,敢作敢当,有谋有略,该出手时就出手。

贾母因贾赦打鸳鸯的主意,迁怒于王夫人,探春出头说:"大伯子要收屋里的人,小婶子如何知道?"讲明道理,又解了围;迎春的累金凤被乳母偷走典当,却不敢要回来,是她出手摆平;赵姨娘无理取闹,她顶住压力,坚持原则;代理家政时,兴利除宿弊,"精细处不让凤姐";抄检大观园时,王善保家的冒犯她,她扬手就是响亮的一巴掌。

下人说:"倒了一个'巡海夜叉',又添了三个'镇山太岁'。"说是三个,其实李纨是和事佬,宝钗不肯出头,真正做事的,还是探春。在改革这件事上,探春是发起人,开源节流,兴利除宿弊,要疏解荣国府的财政危机;宝钗是小惠全大体,认为不可为了几百两银子,失了大家族的体面,不如把利润分给众人。

宝钗有一脑门子的顾虑:一上来就谈钱,太俗。何况,这样算计小钱,岂不伤了大家族的体面?这种论调我们并不陌生。大凡儒家读书人,多重义轻利,一说到钱,就觉得太俗。洁癖到极致,连钱都不能说出口,要说"阿堵物"。其实,宝钗家里是皇商,开着当铺,熟悉这些俗务,但她也羞于谈利,这很儒家。她随后祭出了朱熹这面大旗,说朱子的书里什么都有。探春表示不同意:朱子那些话,"不过是勉人自励,虚比浮词"。意思是,这些人不过就是停留在说的层面,真的做起来就不是这样了。宝钗则批评道:朱子都有虚比浮词?那可句句真理。你才办了两件实事,就利欲熏心,连朱子都看不上了。等你再干点儿大事,恐怕把孔子都看扁了呢!

其实,孔子以后的儒家,最擅长的是道德文章、修身养性、培育私德、专心做人,事功能力则相对薄弱。就连言必称"仁政"的孟子，具体措施也不过是"五亩之宅，树之以桑"，描蓝图画大饼最在行，但却不够实际。须知再美好的规划也需要具体措施来施行，但对这个，儒家人似乎并不在行。一心读圣贤书的贾政，"不惯于俗务"，整天跟清客们作风雅之谈，香菱说：连姨老爷都夸宝姑娘有学问哩。宝钗和贾政其实是同路人，只不过她的学问和见识更胜一筹。

对于探春的改革，宝钗还有另一层担忧：那些搞承包的人有钱赚，其他人岂不眼红？这点子钱，也别看在眼里了，不如年终算账，平分给下人。最后，她召集下人过来，说：我给你们弄了这额外的收入，大家就要自觉，用心做事啊。曹公说"时宝钗小惠全大体"，果然，下人们喜大普奔。

探春的初衷是开源节流，搞承包，增收；宝钗却担心生事端，人为制造差距。从经济学的角度，探春是想先把蛋糕做大；宝钗考虑的只是如何分蛋糕，如何平衡利益，把经济改革搞成了人际平衡，把做事搞成了做人。

兰言款款的"时宝钗"，人气自然比探春高得多。她高明的生存智慧，至今依然盛行不衰，甚至成为现代职场的宝典。她身上凝聚了中国式的生存智慧，高深莫测，一眼望不到底。而中国式生存智慧，核心就是人脉,是人心的较量与博弈,是谋略。一旦陷入其中,必会化简为繁、寸步难行,像湘云一样踌躇起来。

世界并不复杂,复杂的是人心。同样是理性人格,宝钗的理性用于做人,赢得掌声和鲜花;探春用于做事,却被人诟病冷酷绝情。

探春更像谢安,有清明的理性、不凡的气度,英气飒飒,公事私事都处理得很得体。可惜这样的人太少,懂她的人更少。不过,"高情不入时人眼,拍手凭他笑路旁",探春应该不在意什么人缘。她的世界那么大,哪里顾得了这些八卦。

只是,大家都忙着做人,谁来做事呢?

宝钗的"藏愚守拙",用现代心理学来分析,意味着她的心理防御机制很强。对人,她表面很热情,但骨子里并不信任,所以,一旦觉察到危险,她首先是自保。大观园被抄检后,第二天一大早,宝钗便来到李纨处,说要搬出去住,理由是母亲身体不好,要筹备哥哥的婚事。君子不立危墙之下,这无可厚非。只是让人惊讶的是,跟宝钗同住的湘云居然毫不知情。关键时刻,宝钗真是动如脱兔,丝毫不顾及姐妹情谊。第七十六回,湘云和黛玉中秋联诗,湘云抱怨:可恨宝姐姐,平时说亲道热,撇下我们,自己去赏月了。

一不小心,现实主义者就会滑向精致的利己主义

探春

者。相比之下，一向冷静霸气的探春，却是有情有义有担当。第七十四回，王熙凤和王善保家的，一帮人抄检大观园。怡红院、潇湘馆，一路下来，到了探春处，却见探春率领丫鬟们，早就秉烛开门以待。

她冷笑道：我的丫头是贼，我就是窝主。你们要搜，就搜我的，她们偷的都在我这里藏着呢。接着命丫鬟们把自己的箱柜打开，请凤姐检阅。凤姐赶紧说：姑娘别生气，关上关上，我也是奉命行事。探春接着说：可以搜我的，可别想搜我丫鬟的东西。有什么责任我来担。见探春如此，凤姐赶紧起身告辞。探春说：你可仔细搜了？明天再来，我可不依了。你连我的包袱都打开了，到明日再说我护着丫头，那可不行！

探春威武！做她的下属何其有幸。

更重头的在后面。凤姐深知探春的个性，知趣告辞，哪知王善保家的不知高低，却去掀探春的衣襟：姑娘的身上我也检查了。说时迟那时快，啪的一声挨了探春的一记耳光。看着眼前的丑态，探春道："可知这样大族人家，若从外头杀来，一时是杀不死的，这是古人曾说的'百足之虫，死而不僵'，必须先从家里自杀自灭起来，才能一败涂地！"

贾氏家族的兴与衰，同时也隐喻了中国的历史。这番痛彻之语，也道破了一个秘密：所谓历史，不过是窝里斗、自相残杀的历史而已。看《水浒传》打家劫舍，《三国演义》逐鹿中原，乃至历史上的改朝换代，哪个不是争夺权力，自家人打自家人呢？

宝钗急着要搬出大观园，李纨还兀自挽留，探春在一旁却说："很好。不但姨妈好了还来的，就便好了不来也使得。""咱们倒是一家子亲骨肉呢，一个个不像乌眼鸡似的，恨不得你吃了我，我吃了你！"

经历了抄检事件，大观园风雨飘摇。大厦将倾，敏锐如探春，已经感觉到了更大的威胁。她"才自精明志自高"，却"生于末世运偏消"，个人的力量太渺小了。这并不意外，倘若局部的改进就能够去除毒瘤，匡扶天下，这古老的中国就不会有如此沉疴宿疾了。曹公不是一个浅薄的理想主义者，他知道，一个人撼动不了冷硬的制度。鲁迅说过：在中国，动一把桌子都要流血的。

这个家族不可避免地败落下去。

探春曾为自己身为女儿而痛苦："我但凡是个男人，可以出得去，我必早走了，立一番事业。"即使出得去又如何？在传统中国，改革家是没有好下场的。梦醒了无路可走，有才也补不了苍天，此刻的探春，是多么悲凉、孤独！

探春的判词中有"清明涕送江边望，千里东风一梦遥"。续书说她嫁给镇守海门的将军之子，还回了一次娘家："（众人）见探春出跳得比先前更好了，服采鲜明。"1987年版《红楼梦》电视剧，安排探春的结局是和亲式远嫁，从此天各一方。我个人认为，这比续书更符合曹公原意。历史就这样以堂皇的理由，放逐了自己的英雄。

她所有的努力都化为了泡影，而她所心系的家族，最后也一败涂地。但是，每一次击破虚空之幕的努力，都是不朽的！

她的高贵，她的璀璨，我们会铭记在心。

[妙玉] 身在空门的俗世人

喝体己茶,黛钗的茶具是古玩珍奇,
宝玉的却是妙玉自用的绿玉斗,
她还一本正经地对宝玉说:
"你这遭吃的茶是托他两个福,
独你来了,我是不给你吃的。"

‹壹›

《红楼梦》第四十一回"栊翠庵茶品梅花雪"一节，写贾母带刘姥姥一行人，浩浩荡荡，来栊翠庵讨茶喝。宝玉本来就对妙玉充满好奇，于是特意留神观察妙玉如何沏茶端茶，如何行事。

我们也都好奇。曹公说妙玉"气质美如兰，才华阜比仙"，但她在前八十回里也没出场几回；她跟贾府没任何亲缘关系，却位列金陵十二钗的第六，排名在迎春、惜春和王熙凤之前；她出身读书仕宦之家，却从小带发修行；她心气高，贾家还得郑重下帖请她前来……浑身充满了神秘感。

只见她端出"海棠花式雕漆填金云龙献寿的小茶盘"，里面是成窑五彩小盖盅，特意用旧年的雨水，泡了"老君眉"给贾母，她甚至知道贾母不喜欢喝"六安茶"。其他人用的，也都是一色的官窑脱胎填白盖碗，茶具相当奢华。要知道，宝玉在怡红院开生日小聚会，用的碟子，也只是白粉定窑而已。

她悄悄拉黛玉和宝钗，去另一个房间喝体己茶，宝玉赶紧跟了去。她拿出的杯子都是古玩级别的，宝钗的是"瓟斝"，上面还有一行"晋王恺珍玩"，以及"宋元丰五年四月眉山苏轼见于秘府"的字样；给黛玉的则是"点犀䀉"。另外，像变戏法一般，她还掏出一个九曲十环一百二十节蟠虬整雕竹根的大𫞩，个个都是珍奇异宝，宝玉皆未曾见过。

她泡茶的水也十分特别。妙玉解释，这是五年前在玄墓蟠香寺里住的时候，收的梅花上的雪，总共才得了一瓮，一直埋在地下舍不得吃，今年夏天才开瓮，这是第二次吃。宝玉"细细吃了，果觉轻浮无比，赏赞不绝"。黛玉还以为是旧年的雨水，被妙玉嘲笑一番："你这么个人，竟是大俗人，连水也尝不出来……你怎么尝不出来？隔年蠲的雨水那有这样轻浮，如何吃得。"

到了栊翠庵，黛玉都成了俗人。妙玉给宝玉用的杯子，是她日常用的绿玉斗。宝玉开玩笑说她俩用的杯子是古玩奇珍，我这个就是俗器了。妙玉一脸不屑：这是俗器？恐怕你家连这俗器都找不出来一个呢！

茶叶是什么滋味，语焉不详。倒是妙玉这讲究、排场，竟不是喝茶，倒像是在玩"你猜我有多少值钱货"游戏似的。梅花雪烹茶固然雅极，但看妙玉这通身的做派，对茶具的讲究，对物品价值的执着，倒有一股子说不出来的烟火气。倘若《儒林外史》里的杜慎卿看见这一番情形，恐怕要来一句："小弟看来，觉得雅的这样俗。"

虽没看出妙玉"气质美如兰"，不过，"才华阜比仙"还是有的。

中秋夜，黛玉和湘云在凹晶馆的水边，品笛赏月联诗。湘云吟出"寒塘渡鹤影"，黛玉赞叹不已，对出了"冷月葬花魂"。正在这时，一个人拍着手走出来，笑道："好诗，好诗，果然太悲凉了。不必再往下联，若底下只这样去，反不显这两句了，倒觉得堆砌牵强。"这个人，正是妙玉。

她评论黛玉和湘云的联诗，有几句虽好，但"过于颓败凄楚"。黛玉见她高兴，就请她给诗收尾，妙玉欣然同意，说不要"丢了真情真事且去搜奇捡怪"，也不能失了闺阁面目。那么，来看看她续的诗："……露浓苔更滑，霜重竹难扪。犹步萦纡沼，还登寂历原。石奇神鬼搏，木怪虎狼蹲。赑屃朝光透，罘罳晓露屯。振林千树鸟，啼谷一声猿……"黛玉和湘云的联诗是二十二韵，她的续诗不仅是三十五韵，而且风格艰涩，颇为颓

妙玉

败奇特,都被她自己说中了。如果说黛玉和湘云的联诗是文艺小清新,妙玉的诗就是华丽险峻哥特风,又时髦又高级。

妙玉是有诗歌造诣的,据岫烟说,古人诗词她都看不上眼,认为唯有"纵有千年铁门槛,终须一个土馒头"一句最好。言下之意,人生乃一场华丽的冒险和谎言,而她,早已机智地洞穿一切。

大观园文青扎堆,妙玉依然能让人印象深刻,是因为她不走寻常路。

诗言志,诗是诗人的夫子自道。黛玉写"半卷湘帘半掩门",总是洒脱超逸,有林下之风;宝钗有"珍重芳姿昼掩门",一贯爱惜羽毛,道德形象突出;湘云写"清冷香中抱膝吟",一派名士风度;探春写"高情不入时人眼,拍手凭他笑路旁",有政治家的风范。妙玉的诗格外与众不同,充满神鬼虎狼的烦扰,又有"苔更滑""竹难扪"的焦虑,显得心事满怀。

偏偏栊翠庵的梅花最美最艳,偏偏只有宝玉能讨来红梅。这火红的梅花,便是妙玉最隐秘的心事了。喝体己茶,黛钗的茶具是古玩珍奇,宝玉的却是妙玉自用的绿玉斗,她还一本正经地对宝玉说:"你这遭吃的茶是托他两个福,独你来了,我是不给你吃的。"小心思欲盖弥彰。

很多人觉得，妙玉喜欢宝玉这事不太好。事实上，这有什么错呢？妙玉青春年少，她不过是带发修行，算不上严格意义上的出家人。况且小尼姑陈妙常还爱上了潘必正，谱了一曲人民群众喜闻乐见的思凡戏呢。

⟨贰⟩

问题不在于她火热的内心，而是分别心。

在妙玉眼里，黛玉尝不出雨水和雪水的区别，俗；刘姥姥喝老君眉，说味道淡，更足以让妙玉生出极端的蔑视。当道婆把刘姥姥用过的成窑杯子收回来，妙玉便想扔掉。倒是宝玉央求她：不如送给刘姥姥，让这个贫婆子卖了养家。妙玉却说：幸亏不是我用过的，否则就是打碎了也不给她。

相信很多人是看到这里，对妙玉的感情从粉丝转路人的。

刘姥姥真的就这么俗不可耐？细细读来，这个乡下老太太真了不起，世故里带着天真，圆滑中不乏粗粝，质朴里满是坦然。金克木先生说，刘姥姥也太老练了，写得不真实。不不，这样的人或许不识字，言语举止也颇为粗陋，但他们世事洞明人情练达，饱经风霜还保留着一点儿童心……很多人的记忆里都有这么一个老人吧。

这个来打抽丰的"女篾片""女清客",不起眼的乡下老太太,以她的智慧和通达,赢得了王熙凤的尊重,她甚至请刘姥姥给自己的女儿起名字。八十回后刘姥姥应该还来过,彼时大厦已倾,树倒猢狲散。按曹公的判词和脂批,她不辞劳苦,倾家荡产,把凤姐的女儿巧姐从烟花巷里赎出来。知恩图报,赴汤蹈火,穷时可称智者,达时不昧仁心,刘姥姥大哉善哉!

这人性的浩瀚深沉、人生的跌宕转折,妙玉哪里懂!世界那么大,栊翠庵这么小,只够她一个人孤芳自赏,顾影自怜。其实黛玉也不懂,她是诗人,能透过浮华看见生死,却隔膜于刘姥姥黄土地一样博大的世界。没办法,每个人都有自己的局限和命运。

宝玉却懂,他体谅刘姥姥的处境,这源自他博爱的天性,即使不读佛经,亦心怀慈悲,知世人皆平等。他的世界满是温柔,洒向人间都是爱。有的人不须遁入空门,亦能自度,乃至度人,因为他们有无比真实的生活,有切肤的爱与痛。没有深夜痛哭的人,不足以谈人生。

妙玉身在空门,却离真正的悟道还远呢。对贾母如此,对宝玉如此,对刘姥姥又如此,分别心不可谓不重。《金刚经》说："无我相，无人相，无众生相，无寿者相。"妙玉怎么就白读了呢？由空而空，总是"纸上得来终觉浅"。非但难破执念，还有可能把修行搞成自恋。

那天，宝玉于生日酒宴的微醺中醒来，见一粉色笺子，上写"槛外人妙玉恭肃遥叩芳辰"，原来是妙玉打发人送来拜寿的。他要提笔写回帖，却踌蹰起来：妙玉自称槛外人，我在回帖上怎么称呼自己？遂去请教黛玉，路上却遇见找妙玉说话的岫烟。

岫烟告诉宝玉，当年妙玉在蟠香寺时，自己一家租住在隔壁，妙玉曾教她认字，既是邻居，又是半个老师。宝玉大喜，便求她指教。岫烟说：她说古人诗词都不好，只有"纵有千年铁门槛，终须一个土馒头"最好，遂自称"槛外之人"。她又喜读庄子，自称"畸人"。若她帖子上署"畸人"，就回她"世人"；若是"槛外之人"，就回"槛内人"，她就高兴了。

妙玉那颗小小的虚荣心和文艺心，就这样被岫烟一语道破了。她接着批评妙玉旧脾性不改，越发地放诞诡僻，"可是俗语说的'僧不僧，俗不俗，男不男，女不女'，成个什么道理"。稳重朴实的岫烟，仿佛天生就是这类文青的克星。论出身和文化程度，岫烟自然都不如妙玉。她家贫命苦，父母人品不好，又有尴尬人邢夫人这样的姑妈，真正看尽世态炎凉，饱尝人间苦乐。但在宝玉眼里，岫烟举止言谈，超然如仙云野鹤；王熙凤也看她温厚平和可人疼，格外照顾她。

谁说一定要参禅修道？得道与否，全在自个儿。如果生命是一场修行，那么人人都在路上，都会遇到自己的坎儿。黛玉深爱宝玉，然而既有木石前盟，为何还要有金玉姻缘；探春才自精明志自高，偏偏却是庶出，有赵姨娘这样的妈；香菱温柔袅娜，却一直走霉运，几乎没碰到过好人……

世上没有救世主，还需自己救自己。探春兴利除宿弊，大刀阔斧管家理政。香菱跟黛玉学诗，"慕雅女雅集苦吟诗"，平凡的生命从此有了才华和尊严。黛玉对宝玉满心不信任，频频闹误会，但我们看她渐渐心平气和，懂得了体谅和宽容。一开始对宝钗那么不客气，但"金兰契互剖金兰语"之后，尽释前嫌，从此待宝钗更如亲姐姐，这就是成长了。

迈过一道又一道坎儿，克服重重心结，迎来海阔天空，如黛玉；过不去，只好辗转自苦，如妙玉。

年轻的时候读《红楼梦》，总觉得是在读别人的故事，隔岸观火。随着年龄的增长，却发现这故事是自己的，是周围人的，是芸芸众生的，便多了几分叹息，几分理解。妙玉身在空门，心向世俗，这浑身的放不下和满脸的纠结，何尝不是我们自己呢？

也许，我们的心里多少都住着一个妙玉吧。

《红楼梦》是本生命之书，浩瀚无边，写尽了人生的局限和磨难，也写尽了生命的各种可能性，以及废墟上开出的花。曹公写妙玉"气质美如兰，才华阜比仙"，又说她"欲洁何曾洁，云空未必空"。对她，有惋惜，也有谅解。

妙玉的结局如何？判词说她"风尘肮脏违心愿"。续书写妙玉念经，因思念宝玉，情欲翻滚走火入魔，中了强盗的闷香被掳走而不知所终，真是一片乌烟瘴气。林语堂极其讨厌妙玉，说她身为出家人却情思深种，明明喜欢宝玉却装腔作势，还成了"神经变态的色情狂"，想必是中了续书的毒而不自知。

也有人猜贾府被抄家后，妙玉沦为了烟花女子。靖本有段脂批，本来文理不通，可能有漏字，周汝昌断句为"他日瓜洲渡口，红颜不得不屈从枯骨"，他解释说：贾府败落后，妙玉被辗转卖给一个糟老头为妾。

不管结局如何，都是很深的悲剧。

〔晴雯〕

被谋杀的『狐狸精』

宝玉的雀金裘烧了个小洞，
京城的织补匠都不会补。尽管晴雯病得有气无力，
仍然熬了一夜补好：
"我也再不能了！"
整个人力尽神危，身不由己倒下。

〈壹〉

《红楼梦》里的晴雯，是一个很容易被标签化的人物。有人赞美她没奴性，有反抗精神，听上去像女战士；有人说她本来一手好牌，结果却输得那么惨，不作不会死，又成了反面典型。

晴雯死于书中第七十七回。抄检大观园之后，病重的晴雯被强行拖下床拉出去。王夫人坐镇指挥，严令只让晴雯带两件贴身衣服走，其余一概留下给好丫头穿。

宝玉偷偷找到晴雯的哥嫂家，眼前是地狱般的场景：奄奄一息的晴雯躺在破芦席炕上，身边一碗黑乎乎的茶汤。看到宝玉，晴雯又惊又喜，又悲又痛，先是挣扎着铰掉葱管一样的指甲，再脱下贴身穿着的旧红绫袄，赠给宝玉，宝玉也回赠了自己的贴身小袄。晴雯这样做，等于向王夫人们示威：你不是说我是狐狸精，勾引宝玉吗？那我干脆就一不做二不休好了。

宝玉不忍离开，她用被子蒙住头不理他。当天夜里，晴雯死了，从小没爹娘的她，直着脖子喊了一夜的"娘"。这个世界太凉薄，她留恋的只是那一丝遥远而模糊的亲情。

是谁杀死了晴雯？

晴雯是大观园丫头群里的人尖儿。王熙凤说：别的丫鬟都不如她长得好。贾母夸她模样标致爽利，会一手好针线，特意给了宝玉，颇有以后让她当姨娘的意思。

邢夫人的陪房王善保家的，这样给王夫人告晴雯的黑状：她仗着自己生得标致，能说惯道，掐尖要强，整日立起两个骚眼睛来骂人，妖妖趫趫，实在不成体统。王夫人眼里的晴雯是这样的："水蛇腰、削肩膀，眉眼又有些像你林妹妹的。"这话里没好气，鄙视、不屑，混合着一股子酸溜溜。

于是，抱恙的晴雯被叫了来。她了解王夫人的脾性喜好，特意素面朝天没打扮。但王夫人看着她，却是"钗軃鬓松，衫垂带褪，有春睡捧心之遗风"，真是风情万种。她不由得大怒："好个美人，真像个病西施了，你天天作这轻狂样子给谁看？""我看不上这浪样儿！

谁许你这样花红柳绿的妆扮！"

王夫人们为何如此痛恨晴雯？怡红院遍地都是小清新美女，唯独晴雯，还有四儿和芳官，被当成狐狸精撵了出去。

美丽就是她们的错误。电影《西西里的美丽传说》里，西西里岛上的玛莲娜，什么都没做过，但遭受了一连串的流言、猜忌、误解和嫉恨，身体也受到羞辱。正如片中律师所说："她有什么罪过？她唯一的罪过就是太美丽。"

纵观中国历史，有着源远流长的"狐狸精"传统。几乎每个失败的国君背后，都站着一个"狐狸精"。商纣王有妲己，周幽王有褒姒，唐明皇就有杨贵妃……正所谓"春宵苦短日高起，从此君王不早朝"，于是国破山河碎，红颜成祸水，连小孩子的启蒙读物《幼学琼林》，都早早开展警惕狐狸精的教育。春秋时代的一个母亲甚至告诫儿子"甚美必有甚恶"，"夫有尤物，足以移人。苟非德义，则必有祸"。美成了罪恶，会导致灾难。从妲己到杨贵妃，美女个个不得善终。

鲁迅先生说，翻开中国的历史，上面写满了"吃人"。木心说，没有审美力是绝症，知识也救不了。

如果说晴雯是以道德的名义被谋杀的，那么，凶手是王夫人、王善保家的和袭人吗？还是王国维说得好，悲剧并非只是这几个"蛇蝎之人"造成的。倘若只是几个坏人作弄，就是偶发事件，不是真正的悲剧。在晴雯这件事上，实际上每个人都有罪，这是一个"共犯结构"——王夫人把宝玉当未来的依靠，担心他被狐狸精迷惑；王善保家的认为自己受晴雯冷遇；袭人一心想当姨娘，晴雯是最大的障碍；王夫人认定晴雯是狐狸精，王熙凤和宝玉就不敢抗命；况且晴雯个性突出，与温良恭俭让的传统道德相悖，木秀于林，风必摧之，晴雯竟是必死。

这是晴雯们面临的普遍性的困境。别林斯基说："偶然性在悲剧中是没有一席之地的。"这句话用在这里最合适不过。

‹贰›

王夫人最赏识的是袭人，从不吝啬对她的赞美。她对薛姨妈说：袭人是个好孩子，比宝玉强。对贾母说：袭人粗粗笨笨的，倒好。总之是道德品质好，让人放心。但传统道德的吊诡就在于，木头似的王夫人最会辣手摧花，先撵金钏，后逐晴雯。温柔和顺、似桂如兰的袭人，却偷偷跟宝玉初试云雨情，"妆狐媚子"勾引宝玉，还擅长打小报告。但"狐狸精"晴雯，却清白无比。

晴雯爬上梯子贴宝玉的字，手冻僵了，宝玉握着她的手一起抬头看"绛芸轩"。她搞恶作剧，半夜跑出去吓麝月，冻得浑身冰凉，宝玉让她钻到自己被窝，帮她暖身子。宝玉邀请她一起洗澡，她笑着摆手：罢罢罢，我不去，上次碧痕打发你洗澡，都不知道干什么了，我们还是吃果子吧……干净敞亮，一派天真的小儿女情怀。

晴雯当然是爱宝玉的，正如龄官爱上贾蔷，尤三姐爱上柳湘莲，热烈而纯粹。虽然人微位卑，但总是坚持着人格的骄傲与尊严。

宝玉的雀金裘烧了个小洞，京城的织补匠都不会补，麝月说：除了晴雯，谁还会界线？尽管晴雯病得有气无力，仍然熬了一夜补好："我也再不能了！"整个人力尽神危，身不由己倒下。"勇晴雯病补雀金裘"，岂止是**勇敢**，竟是豁出命了。

袭人劝宝玉读书，理由是：难道你做了强盗，我也跟着吗？晴雯却会，她有的是铺天热情和侠肝义胆，她会"喝最烈的酒，吃最辣的菜，拿最快的刀，杀最狠的人"，跟着宝玉，策马江湖，逍遥自在。

有人说她的性格全是槽点、黑点，把人都得罪光了，不倒霉才怪。没错，晴雯的脾气不好，像爆炭一样，一点就着，连平儿都知道。平儿的虾须镯被坠儿偷了，她只悄悄告诉麝月，怕晴雯生气。果真，晴雯知道了，她恨铁不成钢，气得拿起簪子扎坠儿的手，骂她管不住爪子，自甘下贱。宝玉替麝月篦头，晴雯脱口就说：还没过门就上头了？见小红巴巴地替凤姐跑腿，讽刺人家攀上了高枝儿，有能耐你离开怡红院别回来啊！宝玉说：满屋子只有她磨牙。林语堂夸晴雯天真烂漫，可惜野嘴烂舌。

有人说她头脑简单，不会早早为自己规划，典型的不作不死。

对袭人来说，怡红院是争荣夸耀之地，她一心想当姨娘，所以凡事隐忍；对小红来说，怡红院是职场，没被破格提拔，就改换思路另寻出口，"千里搭长棚，没有个不散的筵席"，谁守谁一辈子呢？在今天，小红这样的姑娘，是可以做职场精英的。

然而，袭人的深沉心机、小红的精明跳脱，晴雯都没有。她只有天真热情和痴心傻意，以为当下就是永远，"只说大家横竖是在一处"。怡红院就是她的家、她的天堂。

她没心没肺地打牙斗嘴，见一个打趣一个，肆无忌惮，总是一语道破真相。她讽刺袭人：连个姑娘都没挣上，就"我们"起来了，别让我替你们害臊了。秋纹得了王夫人的赏赐倍感荣幸，晴雯却说："要是我，我就不要……一样这屋里的人，难道谁又比谁高贵些？把好的给他，剩下的才给我，我宁可不要，冲撞了太太，我也不受这口软气。"

是的，她不圆融、不智慧，也不大度，但她不乡愿、不怯懦。中国传统的生存智慧，相信言多必失，祸从口出，推崇藏愚守拙，认定不多话的人会笑到最后。其实，沉默的原因往往不是智慧，而是心怀恐惧；世故也往往不是通达，而是暗藏卑怯。是晴雯替那些沉默的大多数，敞开肺腑一吐浊气——那个偷偷勾搭上司，又跟上司的上司打小报告的，那个表面一团和气背后捅你一刀的……别人都不敢捅破，她敢。

抄检怡红院，袭人主动拿出箱子让人搜查，晴雯却绾着头发冲过来，咣当一声将箱子掀开，两手捉着底朝天，往地下尽情一倒，将所有之物尽都倒出。

真是元气淋漓，无所顾忌。借用电影《肖申克的救赎》里的一句话："有些鸟是注定不会被关在笼子里的，因为它们的每一片羽毛都闪耀着自由的光辉。"

你当然可以抱怨晴雯，事事都跟"人情练达、世事洞明"反着来，简直是一路狂奔着自取灭亡。袭人有多隐忍多现实，晴雯就有多骄傲多明亮。一个挨窝心脚吐血都不敢声张，一个却因为被数落几句，就跳将起来；一个娇嗔进箴言，一个则任性撕扇。所以，袭人成功了，晴雯死了。

成功了又如何？不过是得到赵姨娘一样的待遇，最后白茫茫大地一片真干净，连这样的半个奴才都没得做；宝钗得到了婚姻，但宝玉"到底意难平"，还是悬崖撒手；贾兰中了举，李纨"气昂昂头戴簪缨"，但转眼"昏惨惨黄泉路近"，不过是担了虚名。

从《左传》到《史记》，从《水浒传》到《三国演义》，帝王将相翻云覆雨，玩弄权术，英雄好汉血腥暴力，啸聚山林，权力游戏成王败寇，女性则集体失语沦陷，不是恶便是淫。《红楼梦》讲述的却是另一个世界，从宝玉的"女儿是水作的骨肉"，到黛玉的《五美吟》，曹公是在给历史翻案，为女性张目。

开篇他曾自言，这本书只是写"几个异样女子，或情或痴，或小才微善，亦无班姑、蔡女之德能"。这是他的自谦，《红楼梦》是本生命之书，浩瀚无边，也是写给失败者的歌。马尔库塞说过，文学就是书写那些被背叛了的梦想和被遗忘了的罪恶。

宝玉压根儿就没想当一个成功者，他自始至终都拒绝经济仕途，大厦倾颓更是悬崖撒手；黛玉和宝玉的爱情何其真挚深情，依然心事终虚化；王熙凤精明强悍，却一从二令三人木，哭向金陵事更哀；探春才气精明志自高，却空有一腔热情和才干，被迫远嫁；妙玉气质美如兰，才华阜比仙，最后却无瑕白玉遭泥陷；迎春、惜春身为豪门千金，却一个被虐待而死，一个出家为尼；香菱那么美，厄运却吞噬了她；晴雯的人生更是一败涂地……

然而，失败者的灵魂之美，失败者的高贵和荣耀，宝玉最懂。

那日，晴雯跌碎扇子，宝玉心情不好训斥了几句，她不干了："二爷近来气大的很，行动就给脸子瞧。前儿连袭人都打了，今儿又来寻我们的不是……何苦来！要嫌我们就打发我们，再挑好的使。"把宝玉的脸都气黄了。但晚上回来他心平气和地对晴雯说："你爱打就打，这些东西不过是借人所用……你要撕着玩也可以使得，只是不可生气时拿他出气。"他甚至拿出扇子让晴雯撕："古人云，'千金难买一笑'，几把扇子能值几何！"正是晴雯，让他明白，扇了再值钱，也不如人重要。人应该是目的，而不是手段。

晴雯撕扇，是优美的行为艺术，堪比黛玉葬花，可入《世说》。

"烽火戏诸侯，裂帛博取美人笑"，历史记忆犹在，曹公为什么让晴雯撕扇作千金一笑？儒家道德讲究规

晴雯撕扇

范、规矩，不鼓励个性，讨厌旁逸斜出不按常理出牌。到了宋明理学，更是要"存天理灭人欲"，恨不得满街都是谦谦君子、贤妻良母，人人温良恭俭让，无趣至极。被道德蒙住双眼的人，不会欣赏这样的肆意妄为，没准儿还觉得这是亡国之音，更看不见这背后的自由和美。

《红楼梦》提供的不是现成的道德，而是辽阔而深邃的人性世界。曹公似乎总是在考验我们，考验我们对不同生命的理解和包容。

然而，都云作者痴，谁解其中味呢？

晴雯在怡红院的日子，正是大观园的全盛时期。遍地芳华，各有其美，大观园如同天堂，宝玉沉醉于这自然与生命的双重奇迹，心恬意洽，春风得意。他惊异于宝钗的博学和识见；他陶醉于袭人的温柔，与她在枕边发下誓言……见了姐姐就忘了妹妹，爱博而心劳。是黛玉的泪水和诗意、晴雯的热情和骄傲，是这些女儿的清净与洁白，引领他走出懵懂，从晦暗走向澄明。

但宝玉的悲哀在于，不得不目睹他深爱的女儿世界，一点点崩塌。他生命中那些美好的女孩，都蒙受灾难，他却无能为力。他有的是温柔和慈悲，却不能救世。他只有在晴雯亡灵面前焚香礼拜，写下《芙蓉女儿诔》，写下他的痛苦与忏悔。

波德莱尔写过一首《献给美的颂歌》：

　　目光温柔的仙女，
　　你是节奏、香气、光阴、至尊女皇！
　　只要减少世界丑恶、光阴重负！

《芙蓉女儿诔》是献给美的颂歌，也是哀歌。

晴雯死后，大观园也要风流云散了，每个人都将迎来自己的命运。落了片白茫茫大地真干净又如何？一败涂地的人生又如何？成功者渐渐老去，他们的灵魂坚硬而干涸，他们甚至不曾年轻过。

而所有的歌，为破碎的生命而唱。

〔袭人〕欲望羔羊

晚间趁众人不在,她又含羞笑问:
"你梦见什么故事了?
是那里流出来的那些脏东西?"
宝玉遂告其警幻所授云雨之事。
袭人听着,掩面伏身而笑,着实柔媚娇俏。

⟨壹⟩

在"晴雯篇"里，我捎带着讽刺了袭人。有朋友说：没必要为了抬举晴雯，贬低袭人吧？

喜欢晴雯的，大多对袭人没好印象，说她有奴性，玩心机；欣赏袭人的，又往往讨厌晴雯，说她不会做人，哪有袭人那么懂事体贴。甚至有不少男性，心目中的最佳配偶，就是袭人这样的。

咱今天不谈晴雯，先谈鸳鸯。

鸳鸯是贾母身边的首席大丫鬟。贾赦看上了她，邢夫人为讨老公的欢心，巴巴地跑来说合，却碰了一鼻子灰：鸳鸯居然并不认为当姨娘是一件光荣的事，坚拒之。贾赦步步紧逼，说她看上了宝玉，还放言鸳鸯早晚逃不过自己的手心。鸳鸯气急，索性在贾母面前，剪发明志并发下誓言："我这一辈子莫说是'宝玉'，便是'宝金''宝银''宝天王''宝皇帝',横竖不嫁人就完了!"

邢夫人一头雾水,她实在不能理解,为什么有人放着现成的姨娘都不当呢?按鸳鸯嫂子的说法,这可是天大的喜事啊。

她们不理解鸳鸯,正如袭人不理解黛玉和晴雯。话说庄子的朋友惠施当了梁国的相国,庄子去看他,他误会庄子是来抢饭碗的,万分紧张。庄子却说:鹓鶵根本不吃地上腐烂的老鼠,猫头鹰却护住不放。李商隐后来也写:"不知腐鼠成滋味,猜意鹓鶵竟未休。"是啊,有人拼命维护的宝贝,在别人眼里不过是块腐肉,哪里会稀罕!

但有人稀罕,比如袭人。

怡红院的丫头个个都是人尖儿,水蛇腰、削肩膀,眉眼有些像林妹妹的晴雯,做事稳重的麝月,连扫地的小红也长得干净俏丽,还能说出"千里搭长棚,没有个不散的筵席",颇有识见。贾芸来串门,眼中的袭人是"细挑身材,容长脸面",可见颜值并不高。在贾母眼里,也就是一个"没嘴的葫芦"。能力也不算出众,唯一的长处就是伺候谁,眼里就全是谁。

论颜值,论能力,论后台,晴雯都强过她。于是,她格外努力,格外用心。当晴雯没心没肺撕扇,骄傲又快活的时候,袭人已经在暗暗规划自己的未来了——要争荣夸耀当宝玉的姨娘。按贾府的规矩,丫鬟大了,通常是配个年龄相仿的小厮;老了,也就成了周瑞家的、吴新登家的,到死都是奴才。当姨娘,好歹算半个主子,在普通人眼里,这是比较好的归宿。

宝玉挨打后,她主动找王夫人进言:论理,宝二爷也该被老爷教训一下,不然,不知道会做出什么事来呢。王夫人一听,立刻合掌念佛,喊:我的儿,你是明白人,我这快五十岁的人,将来是要靠他的啊!说着说着,掉下泪来。袭人也陪着伤心落泪,接着说:我总是劝二爷,可是总也劝不醒。那些人又肯亲近他,我想跟太太说一句大胆的话,以后还是让宝二爷搬出去住好。因为姑娘们都大了,林姑娘、宝姑娘又是亲戚,到底男女之分,为了宝二爷的名节,不如早点防避为好。为此,我是日夜悬心,怕有任何差池,哪怕粉身碎骨也是认了……王夫人听着,如雷轰电掣,句句撞到自己心坎,对袭人是感爱不尽,连称:我的儿,没想到你有这般心胸和见识,我就把他交给你了,保全他,就是保全了我。

这两人可算是惺惺相惜,就这样结下了攻守同盟。只是,她想不到,这个口口声声为宝玉的名声操碎心的丫鬟,早就跟宝玉偷吃禁果了。而且,整个怡红院也只有她这么做。

那天，宝玉梦游太虚幻境，醒来，袭人伺候宝玉穿衣，不觉摸到他的大腿，冰冷一片粘湿，询问，宝玉脸红，不答。曹公写袭人"本是个聪明女子，年纪本又比宝玉大两岁，近来也渐通人事，今见宝玉如此光景，心中便觉察一半了，不觉也羞的红胀了脸面"。但晚间趁众人不在，她又含羞笑问："你梦见什么故事了？是那里流出来的那些脏东西？"宝玉遂告其警幻所授云雨之事。袭人听着，掩面伏身而笑，着实柔媚娇俏。宝玉遂强袭人偷试云雨，从此待她非同一般。

曹公下笔一向极其含蓄，他的狡黠，暗藏在字里行间，蔓延于日常生活的细节里。这段小儿女情事，只有三言两语，一闪而过，却实在耐人寻味。虽然不能断定袭人主动勾引，但她绝非被动。不管怎样，她的好奇心也有点太重了。

那么，袭人到底爱不爱宝玉？

她对宝玉温柔和顺，似桂如兰。每晚把宝玉的玉摘下，用手帕包好；打点宝玉洗脸梳头；收拾好宝玉的文具，送他上学，等他回来；宝玉被贾政叫去，她倚门盼望；宝玉挨打，她又心疼又委屈；宝玉同黛玉怄气，要砸玉，她吓得哭……

宝玉对整个世界都温柔得要命，对袭人，这个唯

襲人

一跟自己有肌肤之亲的人，自不必说。他跟她说一箩筐的痴话：你们同守着我，待我化灰，化烟；你们哭我的眼泪流成河，我的尸首顺流而走，随风化了，就是死得其时了。他在梨香院目睹龄官和贾蔷的爱情，回来感慨一番：我曾说你们的眼泪来葬我，不过是痴心妄想，原来是各人各得眼泪罢了。

袭人怎么反应？她只觉得宝玉说话太不吉利，怎么又说玩笑话，又说疯话了？赶紧睡吧，明天老爷要叫你，你怎么应付啊？

傅家婆子见宝玉被莲叶羹烫到，却反而问玉钏疼不疼，便不屑：这个宝玉果然是呆子，中看不中用。袭人并不比她们更懂宝玉。在她眼里，宝玉"性格异常""放荡驰纵，任性恣情，最不喜务正"，于是，她良宵花解语，娇嗔箴宝玉，日夜悬心，要拉他走上正路。她骗宝玉说自己家人要赎她出去，宝玉为此难过，她借机说：你依我三件事，就是刀架在脖子上，我也不出去了。这是"先用骗词，以探其情，以压其气，然后好下箴规"。你看，宝玉巴巴地跑到她家去看望她，一腔关爱，换来的不过是升级版的劝谏。

她哪里懂他对美好事物的痛惜、他的生命哲学？这个一心争荣夸耀的丫鬟，纵有万种体贴，也是俗世的情爱，永远走不进他的内心世界，读不懂他的爱与孤独。她更像一个体贴的小姐姐，关心着宝玉的吃喝拉撒睡，关心他有没有走上歪路。精神层面的东西，她一窍不通。

她只是一心要把宝玉拉上正途，这与其说是爱，不如说是在精心维护自己的长期饭票。她说：要是你将来当了强盗，我也跟着不成？说到底，她更在意名分和利益。王夫人确定了她准姨娘的身份以后，曹公写她反而刻意不跟宝玉亲昵，变得自重起来。

原来以前是不自重。

她想要的，只是现世的富贵与安稳。贾母让她伺候宝玉，是看她"心地纯良，克尽职任"，跟着谁，眼里只有谁。如果把宝玉换成薛蟠或贾蓉，结果也一样。

〈贰〉

在《霍乱时期的爱情》里，加西亚·马尔克斯说，爱情是一种本能，"要么生下就会，要么永远都不会"。有些人终其一生都体会不到爱情，不是不想，是没有爱的冲动，也缺乏爱的能力。

暖风熏得游人醉，脂砚斋喜欢袭人，一口一个"袭卿"，经常被她的懂事和体贴感动到泪崩。其实，听话懂事、持家有方的袭人，到现在依然是不少男性的择偶对象。只是，他们真的是在找配偶、找保姆，而不是爱人。配偶的标准总是年轻或贤惠，又年轻又贤惠，当然更好。可是，爱情去哪儿了呢？

这就是典型的中国式婚姻，吃饱穿暖不吵架就好，举案齐眉相敬如宾就是模范夫妻。"举案齐眉"的故事，历来被当成夫妻典范，夫妻之间像搞外交，一招一式都有讲究。所以，牛郎织女不必谈恋爱；七仙女嫁给董永，因为他孝顺；至于许仙，只是白素贞遇到的第一个男人；唯一能恋爱的是梁山伯与祝英台，但男主角如一截木头，死活不开窍，英台几乎一直在唱独角戏，愁人。

我们从来不缺婚姻，缺的是爱。

《红楼梦》开篇，曹公借空空道人之口，言此书"大旨谈情"。他更让警幻仙姑，把宝玉天分中的一段痴情，特意与"皮肤滥淫"区别开来，称为"意淫"，让宝玉说出"女儿是水作的骨肉，男人是泥作的骨肉。我见了女儿，我便清爽；见了男子，便觉浊臭逼人"的话来。

而宝黛之爱，更是爱得纯粹，爱得独一无二。黛玉在哪里，爱情就在哪里。她的明媚与哀愁、泪与爱，宝玉最懂。他对她说："好妹妹，我的这心事，从来也不敢说，今儿我大胆说出来，死也甘心！我为你也弄了一身的病在这里，又不敢告诉人，只好掩着。只等你的病好了，只怕我的病才得好呢。睡里梦里也忘不了你！"

这份深情，贾母半懂不懂，王夫人和宝钗不懂，袭人更不懂。可这炽热的情话，偏偏被袭人听了去，她吓得魄飞魂散，认定这是"丑祸"，是"不才之事"，可惊可畏，并暗自思虑如何方能避免这种丑祸。接着，便是宝玉挨打，袭人向王夫人趁机进言效忠。

每个人都有自己的局限，《红楼梦》里也处处有误会，有鄙视链。贾政不理解宝玉，湘云误会黛玉，妙玉讨厌刘姥姥，宝钗给小红差评，王熙凤看不起赵姨娘，王夫人痛恨金钏、晴雯、芳官和四儿……局限并不可怕，可怕的是狭隘和自以为是。袭人跟宝玉偷食禁果，常"妆狐媚子"引宝玉玩耍，但她自觉这并不是"越礼"。而宝玉爱上黛玉，就是"不才之事"，是"丑祸"。

袭人处处以规矩人自居，对王夫人一番推心置腹表忠心，对宝钗抱怨宝玉，时时规劝宝玉，自认是在捍卫规矩。那一天，宝玉在黛玉处梳洗，让湘云梳好了辫子，她便跟宝钗抱怨宝玉，整日跟姐妹们厮混，也太没分寸。宝钗认为她有识见，深可敬爱，便坐下跟她谈心。二人惺惺相惜，一见如故。宝钗藏愚守拙，不语婷婷，是袭人心中的偶像，故"晴为黛影，袭为钗副"，她们本是同路人。

作为一个规矩人，袭人不喜欢黛玉。她是一个丫鬟，却经常背后腹诽黛玉。对湘云抱怨黛玉铰坏了宝玉的扇套，却半年也不拿针线，做一个香袋就花了一年工夫。湘云劝宝玉留意经济仕途，宝玉不高兴，袭人在一旁说：宝姑娘也说过这样的话，这位爷拿脚就走，亏宝姑娘有涵养，"那林姑娘见你赌气不理他，你得赔多少不是呢！"。

以规矩丈量世界的人，词典里没有"理解"和"包容"，只有冷冰冰的是非对错。贾政往死里打宝玉，因为他觉得宝玉不走正路；王夫人把晴雯看作眼中钉肉中刺，是认定她是狐狸精；对小红，宝钗判定她眼空心大、头等刁钻古怪，是因为小红不符合主流道德；宝玉对黛玉说情话，袭人吓得魂飞魄散，认为这是丑祸；宝玉挨打，她趁机跑到王夫人面前进言，险些把大观园连根拔起。

规矩人守起规矩来，往往就这样简单粗暴。张爱玲说："狭小整洁的道德系统，都是离现实很远的。"因为无法容纳人性的丰富。美好生活就是这样被破坏的。

〈叁〉

曾看过聂绀弩评价袭人,真是大开眼界。他说:袭人不顾自己的出身和微末的力量,以无限的悲悯和勇力,挺身而出,要把这对痴男怨女从"不才之事"和"丑祸"中救出,这是多么高贵的灵魂!

按这样的逻辑,为了名节,把所谓"奸夫淫妇"浸猪笼,号称执行族规惩罚"坏人"的,也是在捍卫人间正义,有情怀有理想哩。

有人说袭人是伊甸园里的蛇,诱惑宝玉,还告密导致晴雯被逐。其实,晴雯之死,袭人未必有直接关系,毕竟没有确切证据表明她打了晴雯的小报告。贾家这种聚居的中国传统大家族,人多嘴杂,人际交往又没有清晰的边界,几乎没有什么隐私可言。芳官、四儿们平日说的话如何传到王夫人耳朵里,还真不好说。但晴雯被逐后,袭人说的几句话确实让人心寒。宝玉见海棠无故死了半边,便说草木跟人有应和,比如孔子庙前之桧、杨太真沉香亭的木芍药,这是预兆,说明晴雯命不久矣。袭人来了气:"那晴雯是个什么东西,就费这样心思……他纵好,也灭不过我的次序去。便是这海棠,也该先来比我,也还轮不到他。"

原来怯懦的绵羊,也是有獠牙的。

说实话，袭人并不坏。因为当坏人也需要胆量、技术和高智商，《红与黑》里的于连，《人间喜剧》里的拉斯蒂涅，就是"恶之花"，在往上爬的过程中尽显人性的暗黑与斑驳。袭人只是集中了所谓生存智慧的暧昧、复杂和晦暗，有欲望，腰不直，活得没有尊严而已。中国式的生存智慧，一向鼓励为了成功不择手段，小不忍则乱大谋。从《三国演义》到《水浒传》，从老子以弱胜强的阴柔术到三十六计，都是人心的较量、利益的翻滚。为了活着，低眉顺眼，弯腰驼背。

宝玉的奶妈李嬷嬷骂袭人是"忘了本的小娼妇"，一心只想"妆狐媚子"哄宝玉。她只是哭，不肯让宝玉声张，怕得罪人。即使无意挨了宝玉一记窝心脚，夜里吐血，争荣夸耀的心灰了一半，也是打掉门牙往肚里咽，不让宝玉唤太医来诊治。晴雯讽刺她，张口说破她与宝玉的隐情：连个姑娘还没挣上，哪里就称起"我们"来了，别教我替你们害臊了……她只是羞得紫涨了脸，说不出话。宝玉生气要撵晴雯，她还带着大家跪下求情，生怕把事情闹大。

晴雯有多骄傲，多没心没肺，袭人就有多憋屈，多苦大仇深。忍无可忍，依然再忍。在《红楼梦》这个明亮优美的人性世界里，袭人显得格外暗淡。

并不是所有有欲望、有心思的人，都像袭人这样。

比如小红，这个怡红院最边缘的粗使丫头，压根儿没资格伺候宝玉的。她瞅准宝玉身边无人，上前帮宝玉倒茶，想以此引起宝玉的注意，向上爬，野心昭然。此路不通后，又抓住机会帮王熙凤跑腿做事，头脑通透、口齿伶俐，被凤姐看中并破格提拔，从最低等的小丫头成了总经理的秘书。她甚至还收获了自己的爱情。看到贾芸，她心一动，便有"痴女儿遗帕惹相思"这一出，她丢了手帕，让贾芸捡到。接着又来一出"蜂腰桥设言传心事"，巧妙地让贾芸注意自己。

爱情和事业，小红都很用心规划，但她不鬼鬼祟祟，而是清新爽利，身段十分好看。同样是要活得更好，有人看准目标，身段利落，腾挪闪展划出漂亮的弧线，一派敞亮；有人却只会匍匐在阴沟里，看不到头顶的星空。成功重要，身段更重要。毕竟在吃喝拉撒、求生求偶的动物本能之外，还有别的，比如自由，比如尊严。

是的，即使在末日的阴霾里，也要活出尊严来。

曹公对他笔下所有的生命都心怀慈悲。对袭人，曹公写她"情切切良宵花解语""贤袭人娇嗔箴宝玉"，可惜，"枉自温柔和顺，空云似桂如兰"，最后"优伶有福"，却"公子无缘"。贾府败落，树倒猢狲散，袭人最后嫁给了蒋玉菡。第二十八回"蒋玉菡情赠茜香罗"，宝玉遇到蒋玉菡，方知他便是自己仰慕已久的戏子琪官，二人相互欣羡，蒋玉菡把自己的大红汗巾送给宝玉，宝玉也解下松绿汗巾回赠。回家才想起，这条松绿汗巾原本是袭人的。草蛇灰线，伏脉千里，伏下了袭人和蒋玉菡的姻缘。

续书写袭人于百般无奈中嫁给了蒋玉菡，"虽然事有前定，无可奈何。但孽子孤臣，义夫节妇，这'不得已'三字也不是一概推委得的。此袭人所以在又副册也。正是前人过那桃花庙的诗上说道：千古艰难惟一死，伤心岂独息夫人！"。续作者对袭人的再嫁颇有微词，还在计较什么节操。但"桃红又是一年春"，活下来，是小人物袭人的幸运，也是曹公的慈悲。

只是，强梁者不得其死，木秀于林，风必摧之。这个容不下宝玉、黛玉、晴雯、探春们的世界，是如此暗淡无光。木心谈莱蒙托夫的《当代英雄》，主角皮恰林，一个被埋没的最优秀的青年，却成为备受嘲笑的失败者。他"在驿站等马车，四周无人，颓丧疲倦，一忽儿马车来了，人来了，皮恰林腰杆笔挺，健步上车，一派军官风度"。

他说："我们在世界上，无非要保持这么一点态度。"

我还是怀念那有态度的世界。天真骄傲的晴雯；果敢决绝的鸳鸯；一辈子都在走霉运的香菱，却一心要学诗，爱读"大漠孤烟直，长河落日圆"；孤独而自由的黛玉，写诗、葬花，并爱上宝玉……

〔香菱〕有命无运的天生诗人

她是最不起眼的菱角、苇叶和芦根,
低到尘埃里,从不曾进入恢宏的文学世界。
但在曹公笔下,她是高贵洁白的女儿,
连名字都极尊贵、极清净。

‹壹›

第四十八回"慕雅女雅集苦吟诗",是香菱的正传。因薛蟠外出做生意,宝钗带她去大观园住。

来到园里,香菱的第一件事就是求宝钗教自己写诗。宝钗说:你真是得陇望蜀了!应该先去老太太那儿问候一下,再去园里姑娘们那里串串门,才是正理。在宝钗眼里,人际关系总是最重要的。黛玉则一口答应:学诗?好啊,那就拜我为师,我教你。不自谦不推脱,立马就给香菱开了参考书,还画了重点。

大观园的文青队伍要壮大了。

黛玉教香菱作诗的要法:格调规矩和词句不重要,关键是立意。如有真意趣,不用修饰辞藻,就是好诗,这叫"不以词害意"。香菱说,陆放翁的"重帘不卷留香久,古砚微凹聚墨多"写得真是好!黛玉却告诉她:

"断不可看这样的诗。你们因不知诗,所以见了这浅近的就爱,一入了这个格局,再学不出来的。"要看王维、杜甫和李白这些人的诗。

黛玉是个好老师,香菱喜出望外。她很快读完一本,黛玉让她谈谈感想,她说:

> 我看他《塞上》一首,那一联云:"大漠孤烟直,长河落日圆。"想来烟如何直?日自然是圆的。这"直"字似无理,"圆"字似太俗,合上书一想,倒像是见了这景的。若说再找两个字换这两个,竟再找不出两个字来。再还有"日落江湖白,潮来天地青",这"白""青"两个字也似无理。想来,必得这两个字才形容得尽,念在嘴里倒像有几千斤重的一个橄榄。还有"渡头馀落日,墟里上孤烟",这"馀"字和"上"字,难为他怎么想来!

"香菱学诗",可与"黛玉葬花""晴雯补裘""湘云醉卧""探春理家"媲美,是大观园里最美的风景。彼时,也正是大观园的极盛时期。

香菱接着说:"我们那年上京来,那日下晚便湾住船,岸上又没有人,只有几棵树,远远的几家人家作晚饭,那个烟竟是碧青,连云直上。谁知我昨日晚上读

香菱学诗

了这两句，倒像我又到了那个地方去了。"这应该是薛蟠打死冯渊，抢走香菱，带她上京的路上。经历了这么多，所遇皆无好人，身边还有一个粗横的"呆霸王"，但香菱还能看见乡村日暮的炊烟，那烟，碧青，连云直上。

香菱真是天生的诗人。

宝玉大赞香菱，说她已得诗之"三昧"，灵气已通，正是学诗之才。众人赞叹香菱好学，探春更要补一个柬，正式邀请香菱入诗社。黛玉看她得趣，便以"月"为题，定下十四寒的韵，让她写写看。香菱茶饭无心，坐卧不定，先写下一首，黛玉说措辞欠雅。为了写一首好诗，她苦思冥想，在池边树下，或出神，或抠土，一股子痴劲儿，旁人都看呆了。最后她终于写出："精华欲掩料应难，影自娟娟魄自寒。一片砧敲千里白，半轮鸡唱五更残。绿蓑江上秋闻笛，红袖楼头夜倚栏。博得嫦娥应借问，缘何不使永团圆！"大家齐声喝彩，说这首诗真好！原来香菱苦志学诗，日间没有作出，竟是在梦里得了这八句诗。

古罗马的历史学家塔西佗说过："当你能够感觉你愿意感觉的东西，能够说出你所感觉到的东西的时候，这是非常幸福的时候。"香菱那内心深藏的诗意，终于化成了文字，化成了诗。此时此刻，香菱一定是幸福的吧。

她晦暗的人生,就这样被诗照亮了。诗是什么?诗是暗夜里的微光,是生命的觉悟,诗能照见人生,救赎自我。这点光,虽然微薄,但足以让生不再卑微,让死不再冰冷。

梁文道介绍过一本叫《被淹没和被拯救的》的书,写"二战"集中营里,普里莫跟朋友聊天,聊到诗人但丁,情不自禁背诵《神曲》的结尾,却怎么也记不起最后几行。他着急,便跟狱友说:"你们有谁记得告诉我,告诉我,我把我今天这份汤给你们喝,也就是我的血液,让我多活一天的这份血液,我要记起那几行诗。"

要记起那几行诗!要记起那几行诗!因为诗太重要了。诗让他在"失去文明的世界"里,活得更像一个人,而不是一只待宰的羔羊、一个囚犯。

曹公懂得。他让大观园起诗社:海棠社、菊花社,写梅花诗、桃花行,咏柳絮词,他让那些美好而纤弱的女儿,一次次欢聚,一次次写诗……他让她们成为诗人,诗让她们的精神世界丰盈而独立,世界从此大不同。大观园也从地上的乐园,升华为灵魂的居所。

为了让香菱住进大观园,成为诗人,曹公颇费了一番笔墨。先安排薛蟠对柳湘莲起不轨之心,后者愤怒,狠狠地打了他一顿。薛蟠又狼狈又羞惭,在家待不住，跑南方做生意去了。香菱才有机会在大观园暂住一段时间。

看香菱如此学诗，宝玉最激动：呀，这样的人原该不俗！老天生人不会虚赋情性的，可见天地至公！毫无疑问，在大观园里学诗的日子，是香菱一生中最美好的时光。

‹贰›

她本来是甄英莲，《红楼梦》开篇第一回就是她。父亲甄士隐乃乡宦望族，秉性恬淡，对她爱若珍宝，本是现世安稳，岁月静好，一眼可望见未来。但命运似乎专跟甄家过不去，先是元宵节因下人疏忽，英莲被拐，接着因为隔壁葫芦庙和尚炸供，不小心引发了火灾，自家房子全被烧光。虽有几亩薄田，但因水旱不收，鼠盗蜂起，竟无法度日。甄士隐便投奔老丈人封肃，却被其算计完了家产。很快，"暮年之人，贫病交攻，竟渐渐的露出那下世的光景来"。

如果甄士隐不让仆人带英莲去看灯，如果庙里的和尚炸供时小心点，如果老丈人为人宽厚……但命运没有"如果"。未出事前，甄士隐梦见了一僧一道，他们是命运的使者。癞头僧说:"你把这有命无运、累及爹娘之物,抱在怀里作甚?"甄士隐觉得这可真是疯话!僧又念道:"惯养娇生笑你痴,菱花空对雪澌澌。好防佳节元宵后,便是烟消火灭时。"然后就不见了踪影。

甄士隐遇见他们,就如宝玉来到太虚幻境,窥见了命运。然而,我们明白,他们不明白,即使与命运狭路相逢,也懵然无知。命运总是这样,不是太早,就是太晚。"天地不仁,以万物为刍狗",命运并不因甄士隐恬淡、英莲可爱就格外温柔。它没有任何理由,只是击中他们,再摧毁他们。

整部《红楼梦》,其实是命运的故事,也是人与命运如何相遇的故事。

英莲长大后,被拐子卖给了冯渊,却因拐子贪心,又被卖给了薛蟠,前者不相让,后者便强抢。冯渊本来是她的希望,却被薛蟠打死。打官司又遇到贾雨村,贾雨村为了巴结薛家、贾家,就胡乱结了案,并不念当年甄士隐厚待自己的旧情。

其实,薛蟠也不是什么大恶人,他只是一个任性的"富二代",被母亲无原则地溺爱,欲望至上,情感粗陋,是《红楼梦》里的西门庆。不,竟还不如西门庆,至少后者尽管秉性刚强,却还能取悦女性,在风月场上有一套。在冯紫英家的酒席上,他把唐寅念成"庚黄"。宝玉提议行酒令,要以女儿的"悲、愁、喜、乐"为题,他念出"女儿愁,绣房蹿出个大马猴""一个蚊子哼哼哼""两个苍蝇嗡嗡嗡",简单粗暴,毫无审美,十足一个"呆霸王",仿佛李逵闯进了大观园。

英莲再出场,是在第七回了。在周瑞家的眼里,她是一个才留了头的小女孩:"倒好个模样儿,竟有些像咱们东府里蓉大奶奶的品格儿。"可卿乳名"兼美",既有宝钗的鲜艳妩媚,又有黛玉的风流袅娜,可见香菱有多美丽。这时候她叫香菱,没有故乡,没有记忆,只有残酷的命运。连王熙凤也为她可惜:这个薛呆子,抢来香菱也就新鲜了几天,很快也就"马棚风一般"了。但她的厄运还没走到头,因为薛蟠后来娶了夏金桂。

曹公写夏金桂:"未免娇养太过,竟酿成个盗跖的性气。爱自己尊若菩萨,窥他人秽如粪土;外具花柳之姿,内秉风雷之性。"平时斗纸牌掷骰子,最喜啃油炸骨头下酒。嫁过来后,就一肚子鬼主意,一心辖制薛蟠,又折挫香菱。她设下圈套,故意让香菱撞见薛蟠和丫鬟宝蟾偷情,薛蟠羞怒,撵着打香菱。在二人的折磨之下,香菱气怒伤感,竟成了干血之症。

判词说香菱:"自从两地生孤木,致使香魂返故乡。"按通常的拆字法,是说夏金桂嫁过来以后,香菱就被她虐待致死了。后四十回高鹗续写成:夏金桂下药暗算香菱不成，阴错阳差反毒死了自己。薛蟠感念香菱的好，便把她扶正了，最后她难产而死，给薛家遗下一子……硬是写成了拍案惊奇，成了善恶有报的世情剧，与曹公的初衷差别太大了。

大概看到香菱太悲惨，续作者也看不下去了。可是，伟大的作家固然心慈，但下手却一定要狠，因为命运本无道理可讲。

当厄运来临之时，香菱依然那么天真，她对自己的未来一无所知。迎春出嫁了，人去屋空，紫菱洲轩窗寂寞，一片寥落。宝玉正黯然神伤，她笑嘻嘻地来了，拍着手兴奋地告诉宝玉：你二哥哥要娶"桂花夏家"的姑娘呢！这下可好了，咱们又多了一个作诗的人。

她以为夏金桂也该是大观园里的人，是跟他们一样的人。倒是宝玉，为香菱担心不已。七十回以后，大观园已经风雨飘摇，桃花社竟不能成。大观园被抄检了，宝钗搬走了，司棋、入画被撵了，晴雯死了，芳官们出家了，迎春嫁给了"中山狼"，探春也将要远嫁了……"池塘一夜秋风冷，吹散芰荷红玉影"，大观园就要风流云散了。到"美香菱屈受贪夫棒"，已经是第八十回，贾府也大厦将倾。

对夏金桂，宝玉充满了困惑：也是鲜花嫩柳，与众姊妹一样，何以如此性情？女儿本是水作的骨肉，清净洁白，然而，夏金桂的出现超出了他的经验，撕裂了他的世界。看着香菱受苦，宝玉不忍，便向王道士求治疗妒妇的方子。后者跟他开玩笑，开了一剂"疗妒汤"，每天煎一只秋梨可以喝到死，反正死了就不会妒忌了。哪里有啊？人心和命运，岂是膏药能贴好的？

那个红着脸微笑着"情解石榴裙"的香菱，那个在书中第一回就惊鸿一瞥的女孩，跟晴雯一起，早早被抛弃，被碾碎。她是那么美，又那么无辜。愈美好愈脆弱，曹公就这样，把美好写到极致，然后再亲手打破。《红楼梦》写生命，也写命运。黛玉、宝钗、探春、王熙凤、迎春、晴雯……她们都有自己的爱与梦、痛与痴，也都被命运的洪流无情裹挟。

问题来了，如果人终其一生要服从命运，被无名力量决定，人存在的理由又是什么？要有自由意志！看《伊利亚特》里的英雄，他们的命运早就被决定，但还是要举起投枪，死都要做"最勇敢最杰出的人"。是的，生而为人，依然可以在命运的阴影下，活出自由、尊严与美。

所以，在喑哑的时代里，有人敞开了去爱，有人要学诗，看见了美。

夏金桂找碴儿，嫌香菱这名字不通：哼，菱角又有什么香味？香菱说："不独菱花，就连荷叶莲蓬，都是有一股清香的。但他那原不是花香可比，若静日静夜或清早半夜细领略了去，那一股清香比是花儿都好闻呢。就连菱角、鸡头、苇叶、芦根得了风露，那一股清香，就令人心神爽快的。"

这是怎样的诗意，怎样的情怀！这就是香菱的诗与远方。整个世界都充满恶意，她还能拥有如此丰富的审美与感受力，香菱真让人心碎。

有的人顺风顺水，活得却无比粗糙，对美视而不见。她是最不起眼的菱角、苇叶和芦根，低到尘埃里，从不曾进入恢宏的文学世界。但在曹公笔下，她是高贵洁白的女儿，连名字都极尊贵、极清净。

曹公在开篇说：我这书里，不过"几个异样女子，或情或痴，或小才微善，并无班姑、蔡女之德能"。他念念不忘的女儿们，没有伟大的事迹，也不是道德模范。这个世界已经有太多丰功伟绩，太多腌臜气味，唯独缺少美，缺少灵魂。

刘姥姥讲"雪地抽柴"的故事，说小姐茗玉十八岁就死了，后来成了精，"梳着溜油光的头，穿着大红袄儿，白绫裙子"，夜里在雪地抽柴……宝玉说：这样的人，是虽死而不死的。

是的，所有美好的女儿都是不死的。《红楼梦》是写给所有不死之人的挽歌。

[尤三姐]

双面娇娃

她站在炕上,指着贾琏笑骂:
"你别油蒙了心,打谅我们不知道你府上的事。
这会子花了几个臭钱,
你们哥儿俩拿着我们姐儿两个权当粉头来取乐儿,
你们就打错了算盘了。"

‹壹›

在贾珍和贾蓉的帮助下，贾琏在外面置办了房子，偷娶尤二姐。第六十五回"贾二舍偷娶尤二姨，尤三姐思嫁柳二郎"，写的是贾珍打听着贾琏不在，便悄悄过来看望两个姨妹。

贾珍、尤二姐、尤三姐和尤老娘四人一起吃酒：

> 尤二姐知局，便邀他母亲说："我怪怕的，妈同我到那边走走来。"尤老也会意，便真个同他出来，只剩小丫头们。贾珍便和三姐挨肩擦脸，百般轻薄起来。小丫头子们看不过，也都躲了出去，凭他两个自在取乐，不知作些什么勾当。

这是抄本里的一段，再加上前文明明白白写贾琏

"知(二尤)与贾珍贾蓉等素有聚麀之诮",尤三姐和贾珍之间,确实不清不楚。程乙本却是另一番描写:

> 二姐儿此时恐怕贾琏一时走来,彼此不雅,吃了两钟酒便推故往那边去了。贾珍此时也无可奈何,只得看着二姐儿自去。剩下尤老娘和三姐儿相陪。那三姐儿虽向来也和贾珍偶有戏言,但不似他姐姐那样随和儿,所以贾珍虽有垂涎之意,却也不肯造次了,致讨没趣。况且尤老娘在旁边陪着,贾珍也不好意思太露轻薄。

这里改成了二姐知趣离开,却留下了尤老娘陪席,显然是想给尤三姐留余地。改写者还怕读者误会,又忙不迭解释她和贾珍之间只是偶有戏言,三姐不像尤二姐那样"随和"好欺负,故贾珍也不敢造次。

关于尤三姐,程本改动的可不止这一处。

二尤是贾珍太太尤氏的娘家妹子,但并无血缘关系,她俩是尤老娘再嫁带过来的。因贾敬死后,家中无人,尤氏便接了她们来照看。"(贾蓉)听见两个姨娘来了,便和贾珍一笑。"含义十分暧昧,更呼应了二人与尤氏姐妹"聚麀"之说。程乙本也改动了此处,改为贾蓉"喜得笑容满面",只是自己开心得不得了。

然后贾蓉迫不及待来看望两位小姨。他跟尤二姐挤眉弄眼,说我父亲正想你呢,尤二姐拿起熨斗打,贾蓉抱头滚到她怀里求饶,尤三姐便上来撕嘴,三人闹成一团。程乙本也改成"尤三姐便转过脸去",好像这打闹跟自己无关,看不得这场面。

程乙本一心一意要把尤三姐改成清白无辜的少女,净化她跟贾珍、贾蓉的暧昧。可以说,程乙本是尤三姐的洁本。

话说贾琏回来了,跟二姐喝酒时听见外面马闹,知道是贾珍来了,二姐感到不安,也担忧三姐的未来。贾琏安抚她:你以前的事我不计较。至于大哥和你妹子,我干脆去挑明得了。贾珍和三姐正在喝酒取乐,贾琏进来对贾珍说:"从此以后,还求大哥如昔方好。"言下之意让大哥还跟以前一样,想跟尤三姐怎样就怎样,不用避讳。还拿酒敬贾珍,又拉三姐:"你过来,陪小叔子一杯。"贾珍笑道:"老二,到底是你,哥哥必要吃了这钟。"两人订下攻守同盟,算是确定了尤二姐的归属权。

尤三姐却不吃这一套,她指着贾琏骂了一番,又拿起酒杯"自己先喝了半杯,搂过贾琏的脖子来就灌,说:'我和你哥哥已经吃过了,咱们来亲香亲香。'唬的贾琏酒都醒了"。

这一段程乙本自然也没放过，绝不允许三姐跟贾珍吃过酒，改成尤三姐"揪过贾琏来就灌，说：'我倒没有和你哥哥喝过，今儿倒要和你喝一喝，咱们也亲近亲近'"。

为了捍卫尤三姐的贞操，程乙本还额外添置了这样一段话：

> 这尤三姐天生脾气，和人异样诡僻。只因他的模样儿风流标致，他又偏爱打扮得出色，另式另样，做出许多万人不及的风情体态来。那些男子们，别说贾珍贾琏这样风流公子，便是一班老到人，铁石心肠，看见了这般光景，也要动心的。及至到他跟前，他那一种轻狂豪爽、目中无人的光景，早又把人的一团高兴逼住，不敢动手动脚。

程乙本为何要洗白尤三姐呢？白先勇先生给了自己的答案："如果尤三姐跟贾珍本来有染的话，那么尤三姐后来的行事根本不能成立……如果尤三姐已经失足了，还有什么立场再去骂他们？"他觉得，女性失了足，自然就要矮三分，哪有这么硬气？按照那个时代的道德标准，女性的贞操是头等大事，所以他这么解读确实没错。故他又说："尤三姐的贞操，必须保护，以贯彻她人格的完整性。"把一个女性的贞操与其人格进行深度捆绑，贞操有玷代表着人格缺陷，这么一看，白先生的女性观似乎比曹公更保守了。

程乙本的道德立场跟白先生、续书是一脉相承的。比如，后四十回续书让宝玉跟贾代儒读道德文章，教巧姐背《列女传》，让黛玉赞科举清贵，鼓励宝玉读书入仕……这样的人，怎么可能去肯定一个失贞少女呢？

但尤三姐这个形象太颠覆传统了，改了一处又一处，束手束脚，左右为难，按下葫芦浮起瓢，很难做到完全自洽。既然三姐如此贞洁，那她的一番"胡闹"岂不也显得人格分裂？程乙本也敏锐地注意到了这种错位，便让三姐对尤二姐解释："向来人家看着咱们娘儿们微息，不知都安着什么心！我所以破着没脸，人家才不敢欺负。"算是自圆其说。

话又说回来，尤三姐为何就不能失节呢？难道一个女性丢了贞操，不仅是人格缺陷而且永无翻身可能？虽然明清以来女德对女性的束缚越来越紧，但一个好的作家依然可以从时代的缝隙里，呈现道德与现实的对抗从而照见更广大的人性。

那么，三姐到底跟贾珍是什么关系？曹公虽未明写，但前有"聚麀"，后有喝酒玩乐，可见二人并不清白。也没必要猜测尤三姐这样做的原因，人性既复杂幽微，也脆弱不堪。太阳底下无新鲜事，人生的翻转，往往只在一念间。

曹雪芹何等见识，他没有时代道德的枷锁，眼里只有活色生香的人。他放手写三姐和贾珍挨肩擦脸，百般轻薄。写她无耻老辣，搂过贾琏就喝酒。写她站在炕上，指着贾琏笑骂："你别油蒙了心，打谅我们不知道你府上的事。这会子花了几个臭钱，你们哥儿俩拿着我们姐儿两个权当粉头来取乐儿，你们就打错了算盘了。""将姐姐请来，要乐咱们四个一处同乐。俗语说'便宜不过当家'，他们是弟兄，咱们是姊妹，又不是外人，只管上来。"

这是放浪，是脂砚斋说的"醍醐灌顶""大翻身大醒悟"，也是彻骨的悲凉。她一下子明白了：原来你们一直把我们当粉头的！如今后悔也没用。将来如何，我不知道，但我再也不是过去的我了。贾琏和贾珍把她当粉头不当人，这明晃晃的无耻，仿佛一道闪电，照亮了她，她猛然看清了自己的处境。

这一刻，她幡然醒悟，这一刻，充满人性的张力。尤三姐生命中最耀眼的时刻，不是自杀那个瞬间，而是这一刻。而这样的时刻，我们是熟悉的。

彩云偷了王夫人房间里的玫瑰露，拒绝承认，宝玉替她瞒赃，她却红了脸，羞恶之心感发："我心也不忍，姐姐竟带了我回奶奶去，我一概应了完事。"如此肝胆，宝玉也深为敬佩："彩云姐姐果然是个正经人。"抄检大观园，丫鬟司棋和表哥潘又安的情书被查到，其状可危，可"司棋低头不语，也并无畏惧惭愧之意"。在这一刻，她已经决意要承担自己的命运。金钏被撵出去自杀，曹公称为"情烈死金钏"。

对有些人来说，尊严比死都重要。生命中总有一些不可以狎昵、不容乱来的东西，有时它会被忽视或遗忘，但总会在某个时刻呼啸而至，一下子击中我们。

不过，三姐醒悟了，却无路可走。她开始报复：

> 这尤三姐松松挽着头发，大红袄子半掩半开，露着葱绿抹胸，一痕雪脯。底下绿裤红鞋，一对金莲或翘或并，没半刻斯文。两个坠子却似打秋千一般，灯光之下，越显得柳眉笼翠雾，檀口点丹砂。本是一双秋水眼，再吃了酒，又添了饧涩淫浪，不独将他二姊压倒，据珍、琏评去，所见过的上下贵贱若干女子，皆未有此绰约风流者。

你可见过这样的女子？中国传统文学里，也不乏另类女性，比如青楼女子，但没有这样的放浪形骸。因为传统的作家们一心让她们从良，立她们纯洁无瑕的人设，用浩然正气把她们收服。《聊斋志异》里的狐狸精，不也通通被读书人招安了吗？

他们心中横亘着一把叫道德的尺子，但伟大的文学，不是道德的地盘，而是人性的世界。伟大的作家忠于人性，而非道德，所以曹公笔下的尤三姐，是复杂的、多层次的。而程乙本作者是道德家，看不见道德之外才有广袤的人性，所以拼命为三姐洗白。

道德家不会理解，哈代为何给他的《德伯家的苔丝》特意加上一个副标题，"一个纯洁的女人"；不理解福楼拜写《包法利夫人》，写到爱玛死的时候失声痛哭："她死了，我的爱玛死了。"

但曹雪芹一定懂得。

在他笔下，跟公公贾珍不清白的秦可卿，温柔可亲、做事靠谱，贾府上下都喜欢她，临死前更是托梦给凤姐，见识碾压所有人。他还让贾琏娶了尤二姐，对她的过往既往不咎，这个爱偷鸡摸狗的男人，也是有闪光点的。所以在曹公笔下，三姐大红袄子葱绿抹胸，半开半掩，十分惊艳，一对金莲，更是充满诱惑。程乙本道德感太强，把"一对金莲"删了，好像这样能保全三姐的贞操。

倒是贾珍贾琏看见三姐如此泼辣强悍，一句响亮话也说不出来了，被震到失语。有点像《法国中尉的女人》里，查尔斯第一次见到莎拉："不是她脸上所表现出的东西，而是她的脸上所表现出来的不是他所预料的。"好比"泉水本身是寻常事，但从沙漠里涌出泉水来就有些非同寻常了"。

这是尤三姐的主场。她高谈阔论任意挥霍洒落一番，对二人尽情嘲笑取乐，闹腾累了，就撵走二人，自己关门睡觉。"竟真是他嫖了男人，并非男人淫了他"，这句话程乙本自然也删掉了。

此后，尤三姐不是痛骂贾琏、贾珍和贾蓉，就是"作出许多万人不及的淫情浪态来"，哄得对方垂涎欲滴，却又近身不得。她对尤二姐说：姐姐你糊涂！咱们金玉一般的人，白叫这两个现世宝玷污了去！再说，他家的女人极其厉害，将来不知谁生谁死，索性不让他们好过！她天天挑拣吃穿，或不称心，连桌一推。不论绫缎新整，用剪刀剪碎，撕一条，骂一句。

这是疯狂，是报复，更是深深的无助和悲哀。

〈贰〉

眼看这样下去也不是办法，尤二姐备了酒请她过来商议。尚未开口，三姐何等聪慧，立马知其意，便滴泪说：我都知道了。如今姐姐和妈都有了安身之所，我也要自寻归结,"终身大事,一生至一死,非同儿戏。我如今改过守分,只要我拣一个素日可心如意的人方跟他去。若凭你们拣择,虽是富比石崇,才过子建,貌比潘安的,我心里进不去,也白过了一世"。她不想随便嫁掉,无论如何要找个自己爱的人。如今我们觉得这种想法很正常,但在那个婚姻要靠父母之命媒妁之言的时代,三姐是思想解放的先驱。

她看上的是柳湘莲。五年前,他曾在三姐老娘家唱过戏,当时客串的是小生。而一切都刚刚好,紧接着,贾琏恰好遇到柳湘莲,说定了亲事,对方还拿出了传家宝鸳鸯剑做定礼。三姐把剑挂在床头,喜之不尽,自认从此终身有靠。

然而,当柳湘莲得知三姐是贾珍的小姨子后,后悔不迭:"这事不好,断乎做不得了。你们东府里除了那两个石头狮子干净,只怕连猫儿狗儿都不干净。我不做这剩忘八!"他来找贾琏,借口姑妈已替自己说了亲,但鸳鸯剑是家传,得要回来。三姐在内屋听见,便知其意,把雌剑藏在袖子里,拿了雄剑出来给柳湘莲:"还你的定礼。"泪如雨下,横剑自刎。

她挥剑自杀了。曹公如此喜爱三姐,她死了,他这样感叹:"揉碎桃花红满地,玉山倾倒再难扶。"她倒下,如玉山倾倒;她的鲜血,像花瓣散落满地。《世说

尤三姐

新语》喜欢用"玉山"来形容魏晋名士，喝醉的嵇康，便是"玉山将倾"。玉色莹然，洁白通透，是对人格至高的赞美。

三姐亦曾慧眼识宝玉。兴儿在尤二姐处八卦宝玉，说他糊涂，没刚性，一点儿都不像主子爷们。二姐信然，三姐却说：别信他胡说。宝玉行事言谈吃喝，原有些女儿气，人却一点儿也不糊涂。想那日和尚过来绕棺，他站在前面挡着人，说怕和尚的气味熏到我们。婆子拿了他用过的杯子倒茶给姐姐喝，他让洗了再拿来。他这个人在女孩子面前都很好，只是别人不懂罢了，原话是："我冷眼看去，原来他在女孩子们前不管怎样都过的去，只不大合外人的式，所以他们不知道。"

她也知凤姐这个人不好惹。贾琏偷娶二姐，二姐以为终身有靠心满意足，她警告她：不知将来谁生谁死。二姐后来果然被凤姐算计，辗转受苦，她在梦中手捧鸳鸯剑而来，说如自己在世，断不肯让其进贾府，并劝二姐杀死凤姐，一同归于警幻。二姐早已气馁，且尚抱侥幸之心，她遂长叹而去。

尤三姐该是大观园里的人哪！她有晴雯的明亮，有探春的英气，有凤姐的霸气，美貌也不比钗黛差，甚至有她们没有的妖娆。

从文本的角度看，红楼二尤、秦可卿的故事，原本是属于《风月宝鉴》这本书的（按甲戌本的脂批，曹雪芹原本写有《风月宝鉴》一书，其弟棠村还为其作序），但后来被归入了《红楼梦》。抽去她们的故事，于书似无碍，但有了她们，却多了几分烟火气。

三姐死后，柳湘莲扶棺大哭，原来尤三姐这样标致，又这等刚烈，自悔不及。他兀自在新房中默默出神，只见尤三姐从外而入，泣道："妾痴情待君五年矣。不期君果冷心冷面，妾以死报此痴情。妾今奉警幻之命，前往太虚幻境修注案中所有一干情鬼。妾不忍一别，故来一会，从此再不能相见矣。"柳湘莲拉住她，她说："来自情天，去由情地。前生误被情惑，今既耻情而觉，与君两无干涉。"程乙本又做了手脚，删去了这一句。于是，程乙本里的尤三姐，就成了一个冰清玉洁的贞洁烈女，因误会，爱柳湘莲而不得，便自杀了。死于误会，悲剧的成色被打了折扣。

然而，在抄本里，尤三姐却是一个英雄。她有黑历史，但一旦决心告别过去，从此为自己负责，就爱憎分明、慷慨磊落。她发誓等柳湘莲，若等不到，就出家修行，并将一根玉簪击作两段："一句不真，就如这簪子！"从此洁身自好。如此大翻转，格外有力，唯英雄能使然。

有人说她把贞操看得太重，她自杀，是因为愧疚于自己曾经的失身，这说明她至死都没走出男权文化的藩篱。我不同意，因为尤三姐并不胶柱鼓瑟，否则就不会一心要嫁柳湘莲了，被男权击垮的女性是不敢追求爱的。

她是一个英雄，她以为柳湘莲也是一个英雄，以为她和他，可以一起打马跨过草原，走过生命的沼泽，奔向更广阔的未来。

事实上，柳湘莲也是《红楼梦》里最有侠气的男人。他本是世家子弟，"素性爽侠，不拘细事，酷好耍枪舞剑，赌博吃酒，以至眠花卧柳，吹笛弹筝，无所不为"。他冷心冷面，怒打调戏自己的薛蟠，逃走他乡。后来又飞驰而来，解救路上落难的薛蟠，还与其义结金兰。如此洒脱利落，着实让人向往。英雄爱美女，柳湘莲的理想便是娶一个"绝色的女子"，恰如尤三姐不仅绝色而且风情，于是一说便成。

可惜，柳湘莲只是看上去像英雄而已，在定下婚事后，还是忍不住向宝玉打听尤三姐，一听到三姐是贾珍的小姨子，便大叫不好。英雄爱美人不假，却还是囿于主流道德，外表洒脱，内心却有女德这把尺子。不过，倒也不必苛责，他是凡人，有自己的荣耀，也有自己的局限。在那个时代，像尤三姐这样的女性，根本不可能等来真正的英雄，即使在十九世纪的英国，苔丝也得不到丈夫克莱尔的谅解。

最后,三姐自己做了英雄。而英雄之死,不是因为某个人,而是因为穷途末路,所以她说:"与君两无干涉。"

戚本、蒙本第六十六回后有总评:"尤三姐失身时,浓妆艳抹,凌辱群凶。择夫后,念佛吃斋,敬奉老母。能辨宝玉,能识湘莲,活是红拂、文君一流人物。"可惜,三姐是红拂,却等不来李靖;而文君的相如,最后也不过尔尔。英雄注定孤独而死。

最后来个插曲。抄本写三姐拔剑自刎,"湘莲反不动身,泣道:'我并不知是这等刚烈贤妻,可敬,可敬'"。

程乙本改成这样:"湘莲反不动身,拉下手绢,拭泪道:'我并不知是这等刚烈人!真真可敬!是我没福消受。'"

你觉得哪个更好?

〔贾母〕

老年人的清流

她见证过荣国府的全盛时代,是见过大世面的。
她的娘家,是"阿房宫,三百里,住不下金陵一个史",
家世显赫。
她组织音乐会的灵感,就来自小时候家里的戏班子。

〈壹〉

大观园是文青的集散地。黛玉、湘云、宝钗和探春是一等一的文青,人人写得一手好诗。

其实,贾家还有一个骨灰级老文青呢。

她不会写诗,但精通音乐。元宵开夜宴,她不爱听《八义》这样的热闹戏,却让芳官唱《寻梦》,只用琴与管箫,不要笙笛;再让葵官唱一出《惠明下书》,也不用抹脸,格外素净高雅。

中秋节,她邀大家在山脊上的凸碧山庄赏月。月至中天,便说:"如此好月,不可不闻笛……音乐多了,反失雅致,只用吹笛的远远的吹起来就够了。"明月清风,天空地静,笛声穿过桂花树,如天籁一般,众人听呆了,她却说:"这还不大好,须得拣那曲谱越慢的吹来越好。"

这个鬓发如银的老太太，也有一颗文艺心呢。

老人家都怕雨怕雪，宝玉却知道老太太"喜欢下雨下雪"。宝黛们在芦雪广雪地联诗，她瞒着凤姐找来凑热闹，"围了大斗篷，带着灰鼠暖兜，坐着小竹轿，打着青绸油伞，鸳鸯琥珀等五六个丫鬟，每人都是打着伞，拥轿而来"，好气派。她懂雨雪的情调，一眼看见宝玉从栊翠庵求来的红梅，赞道："好俊梅花！你们也会乐，我来着了！"再远远看见宝琴披着凫靥裘，站在山坡上，身后一个丫鬟抱着一瓶红梅，喜得连夸好看，说比那仇十洲画的《双艳图》都好！老太太有一双发现美的眼睛，审美一流。

她带刘姥姥一行人逛大观园。到了潇湘馆，她见窗纱旧了，便说：这院子没有桃杏，竹子又绿，跟这绿纱不般配，明儿个把窗纱给换了。一旁的凤姐说：昨儿我开库房，看见好些银红蝉翼纱，颜色又鲜，又轻软，做成绵纱被倒不错呢。贾母却笑道："呸，人人都说你没有不经过不见过，连这个纱还不认得呢……那个纱，比你们的年纪还大呢。"原来这不是蝉翼纱，而是"软烟罗"。这种纱有四种颜色："一样雨过天晴，一样秋香色，一样松绿的，一样就是银红的，若是做了帐子，糊了窗屉，远远的看着，就似烟雾一样，所以叫作'软烟罗'。那银红的又叫作'霞影纱'。如今上用的府纱也没有这样软厚轻密的了。"难怪凤姐不懂。然后贾母又吩咐：这些纱留着也霉坏了。能做窗纱的做窗纱，能做帐子的做帐子，青色的给刘姥姥拿两匹，剩下的再给丫头们做夹背心子。

到了探春房里，隔着纱窗看后院，贾母又说后廊檐下的梧桐倒不错，就是细了点；在宝钗的蘅芜苑，眼见屋子雪洞一般，各色玩器皆无，连说：戏里那些小姐们的绣房，精致得不得了，咱们家也不能离了格……我最会收拾屋子的，让我来收拾，包管又大方又素净。接着便吩咐鸳鸯："你把那石头盆景儿和那架纱桌屏，还有个墨烟冻石鼎，这三样摆在这案上就够了。再把那水墨字画白绫帐子拿来，把这帐子也换了。"拿来的物件也都符合宝钗的喜好。

这就是老太太的生活美学。处理奢侈品，举重若轻，堪比拿"爱马仕"当买菜包。

贾母是第二代荣国公贾代善的夫人。虽然如今的荣国府"不过是个旧日的空架了"，但她见证过荣国府的全盛时代，是见过大世面的。她的娘家，是"阿房宫，三百里，住不下金陵一个史"，家世显赫。她组织音乐会的灵感，就来自小时候家里的戏班子。

精致生活与高雅品味，固然要物质基础打底，但富有并不意味品味。富而不贵，活得粗糙者比比皆是，关键还是对生活的感受力，以及对人性人情的爱与包容。

她能跟宝黛们打成一片，完全没有代沟。众人在藕香榭准备吃螃蟹，她悠悠地回忆：我小时候，家里也有这么一个亭子，叫"枕霞阁"。有一次跟姊妹们一起玩的时候，失脚掉到了水里，差点儿淹死。作为一个过来人，她格外珍爱这些小辈，欣赏他们的青春与美好，也包容他们的天真与任性。

她心疼宝玉、黛玉和湘云们，自不必说。宝琴来了，李纹、李绮、岫烟来了，她也喜欢得不得了，通通留下。她放纵孩子们喝酒作诗，大玩大笑，琉璃世界白雪红梅，脂粉香娃割腥啖膻……大观园的文艺生活在她的庇护下，活色生香。

即使是对清虚观的小道士、穷族人，她都充满怜惜。清虚观打醮，一个小道士被贾府浩大的阵势吓到，来不及躲，被众人喊着打。贾母听说，赶紧让人带了过来：别人家的孩子，也是娇生惯养的，别吓到他……还让贾珍赏他几百钱买果子吃。同族里，她看重喜鸾和四姐儿，留下她俩住几天，还特意吩咐家人：我知道咱们家的人"一个富贵心，两只体面眼"，这孩子虽然穷，不可小看哪。

看到她，总让我想起一个反面典型，就是瑞典电

贾母

影《野草莓》里的母亲，那真是"老而冷酷的妇女，比死更让人害怕"。可以想象，王夫人和邢夫人老了的样子，一准不好看，但贾母不是。

贾母看人，也不俗。袭人是"没嘴的葫芦"，入不了她的法眼；王夫人木木的，她也不看好；邢夫人颟顸又贪财，她更是冷淡。她爱的是王熙凤的"泼皮"、晴雯的"伶俐"，喜欢聪明、敞亮和有个性的人。她爱极了凤姐，亲昵地喊她"猴儿猴儿"，后者在她面前，半撒娇半放肆，甚是放得开。王夫人担心她没规矩，但老太太说：这样挺好，家常没人，就该这样，从神儿似的有什么好！她自己也洒脱得很。元宵夜宴，她歪在榻上，与众人说笑，又拿眼镜向戏台上照一回，笑说："恕我老了，骨头疼，容我放肆些，歪着相陪罢。"又让琥珀拿着美人拳捶腿。

在她眼里，所谓道德、规矩，不过是幌子，平日里最好轻松自在。老太太活得通透，活得松弛，真是老年人里的一股清流。借用木心的话说："一个饱经风霜、老谋深算的人，也爱安徒生——这个人全了。"

贾母在管家理政、人情世故方面更是炉火纯青，连王熙凤也有所不如。谈笑风生之余，该出手时就出手，听说下人玩牌赌钱，立马寒下脸来搞严打。见了刘姥姥，口称"老亲家"，亲热又有分寸。宝钗拍老太太马屁：“凤丫头凭他怎么巧，再巧不过老太太去。”她得意极了：“当日我像凤哥儿这么大年纪，比他还来得呢。”

她曾自言：“我进了这门子作重孙子媳妇起，到如今我也有了重孙子媳妇了，连头带尾五十四年，凭着大惊大险千奇百怪的事，也经了些。”不禁让人浮想联翩，这个老太太，风风雨雨，独撑荣国府这些年，绝非等闲之辈！凤姐再精明能干，跟她一比，也像如来佛手里的孙猴子，还是段位不够。

如今，她是"老太太""老祖宗"，又是"老菩萨"，还是刘姥姥口中的"老寿星"。生活除了欢宴就是出游、看戏，小辈们争先恐后承色陪坐，还有凤姐插科打诨，天天逗得她合不拢嘴。牌桌上，赢的总是她，连猜谜语，也有宝玉帮着作弊。

这富贵，这气象，多少人幻想着能这样心满意足地老去。

‹贰›

但曹公一定是要打破幻象的。他生怕读者沉迷于无尽的物欲和喜乐，开篇便借一僧一道之口道出：人间总是美中不足，好事多磨，"瞬息间则又乐极悲生，人非物换，究竟是到头一梦，万境归空"。秦可卿死前更托梦王熙凤：都是瞬息繁华、一时欢乐，不可忘了"盛筵必散"的道理。甄士隐这样解《好了歌》："陋室空堂，当年笏满床；衰草枯杨，曾为歌舞场。蛛丝儿结满雕梁，绿纱今又糊在蓬窗上……"

到第四十九回，《红楼梦》全书（八十回）已过半。宝琴来了，还有岫烟、李纹、李琦，大观园的欢乐也达到了顶峰，此时的荣国府，似乎还在全盛时期。随后是"琉璃世界白雪红梅，脂粉香娃割腥啖膻"，大家齐聚一堂，喝酒，烤鹿肉，吟诗联句，连老太太都坐着小竹轿来凑热闹。这个冬天似乎格外温暖。

但众人联诗时，王熙凤来了一句"一夜北风紧"，冷峭至极，更像一个隐喻，一句谶语。

鲁迅说，整部《红楼梦》，"悲凉之雾，遍被华林"。从一开始，衰败的种子就已经埋下。《红楼梦》是本悲哀的书，即使在鲜花着锦、烈火烹油之时，也处处笼罩着"三春去后诸芳尽"的悲凉。回目也都暗藏乾坤："秦可卿死封龙禁尉，王熙凤协理宁国府""贾元春才选凤藻宫，秦鲸卿夭逝黄泉路""诉肺腑心迷活宝玉，含耻辱情烈死金钏""寿怡红群芳开夜宴，死金丹独艳理亲丧""开夜宴异兆发悲音，赏中秋新词得佳谶"……冷与热、生与逝、爱与死、繁华与衰落，两两并立，如影随形。

然而，彼时贾家的荣耀正是鲜花着锦、烈火烹油，谁又有一双慧眼，看破这梦幻泡影呢？

几乎所有人都在俗世的安稳与富贵里泡软了：贾赦一味好色，正在打鸳鸯的主意；贾政不惯于实务，镇日与清客闲坐；贾琏觊觎老太太的值钱体己，求鸳鸯偷出来卖钱；凤姐是实权派，却贪恋名利，早就把闺蜜的叮嘱忘得一干二净。

宝玉和黛玉倒能看破，但并不在意，他们原非此中人。还有探春，这个有魄力有见识的三姑娘，看清了家族的弊病，但一个未出阁的女孩，又能做什么呢？只能小处改观，干着急。

其实，贾母也能觉察一二。清虚观打醮时，神前点了三出戏，听到《白蛇记》《满床笏》，贾母很开心，笑称是神佛意思，但一听到有《南柯梦》，便不言语，心中恐怕是狐疑乱撞，不是滋味。不过，随后便是焚钱粮、戏开场，热闹起来烦恼都烟消云散了。

第七十五回尤氏在贾母屋里吃饭，主子吃的细米饭居然不够了，只能吃下人的白粳米饭。鸳鸯解释道："如今都是可着头做帽子了，要一点儿富馀也不能的。"王夫人说："这一二年旱涝不定，田上的米都不能按数交的。"王夫人并非不了解,但她无意改变什么,反而格外留恋昔日的荣耀。王熙凤跟她提起要把园里年纪大的丫鬟撵出去配人,她不同意,想起当年黛玉的母亲"未出阁时,是何等的娇生惯养,是何等的金尊玉贵,那才像个千金小姐的体统"。

看起来,能担起家族重任的只有贾母了。但是,这个养尊处优的老祖宗,"享福人福深还祷福",在无边的福气里,已经沉溺太深、太久了。看尤氏吃下人的白粳米饭,她也没深想,只是开了个玩笑,说"巧媳妇做不出没米的粥来",众人的反应是"都笑起来"。后来,知道甄家获罪被抄家,她也只是有点儿不自在,一心想着的还是中秋团圆宴。

自第七十回起,贾府便处处露出那"下世的光景"来。黛玉的桃花诗社未起,大家偶填柳絮词,除了宝钗,都是离人恨重一片萧索;官媒频频上门,探春远嫁之事已露狰狞,迎春就要嫁给"中山狼";管家林之孝建议贾琏裁员;凤姐身体每况愈下,自顾不暇;大观园惊现绣春囊,随之被抄检;中秋前夜,众人正赏月作乐,贾家宗祠却传来长叹之声,正是"开夜宴异兆发悲音"……

这一次的中秋夜,更是凄凉无比。大家团团而坐,也只坐了半壁,凤姐、李纨因病缺席,更显冷清。众人玩"击鼓传花"的游戏，偏轮到贾政和贾赦，贾政说妻管严、舔老婆脚的笑话，大家尴尬地笑。贾赦说了一个偏心母亲的故事，贾母也只得吃半杯酒，半日笑道："我也得这个婆子针一针就好了。"

夜深了，众人走的走，散的散，剩下的也意兴阑珊。贾母执意用大杯喝酒，变着法儿闻笛赏月，即使夜深体乏倦意朦胧，也不愿散："偏到天亮。"与其说是享受，不如说是强颜欢笑。当悲怨的笛音传来，贾母终于撑不住，"堕下泪来"，连尤氏的笑话也没听完。夜深了，众人都渐渐散了，只有探春还在陪着她。

所有的宴饮，所有的繁华，似乎都是为了即将到来的幻灭。贾府赫赫扬扬，已历四代，曹雪芹也早就看透了贾家的命运。贾家第二代破例袭了第一代荣宁二公的爵位，但清代是降等袭爵的制度，到贾赦是一等将军，贾政被赐了一个员外郎，再往下是贾珍的三等威烈将军。元春才选凤藻宫一度给贾家强行续命，但伴随着不可知的政治风险。到了贾宝玉这一代"玉"字辈，祖宗的余荫已所剩无几，为了延续家族的荣耀，需要他考科举求取功名。但即便贾宝玉一路高中，贾家也不可能重续辉煌。纵观中国历史，除了皇家，还没有哪个世家大族能安然跨过百年之坎，"率土之滨，莫非王臣"，皇权留给世族的空间十分窄迫。再加上家族的内耗，即使不被抄家，也会逐渐平民化，正所谓"君子之泽，五世而斩""旧时王谢堂前燕，飞入寻常百姓家"。

出于对历史和家族的洞察，曹雪芹对贾家的未来并不抱什么期望。作为贾家的精神股东，续书作者安排宝玉中举，"兰桂齐芳"，显然是一厢情愿。秦可卿临死前托梦给王熙凤："否极泰来，荣辱自古周而复始，岂人力能可保常的。"个人唯一能做的，只是让家族不要猝然崩溃而全无准备，"如今能于荣时筹画下将来衰时的世业，亦可谓常保永全了"。然而，就连这一点，贾家也无人能做到。

"眼看他起朱楼，眼看他宴宾客，眼看他楼塌了。"雪崩发生的时候，没一片雪花觉得自己有责任。是告别的时候了。那个枝繁叶茂、摇曳多姿的时代终将过去，迎接她们的是无比荒凉与破败的未来。

有人说，贾母应是在贾府被抄家前去世的，是有福之人。真的吗？她有太多操心的事了。那些子孙们，只有宝玉还像他爷爷，但也不中用，放眼看去，贾家的男人不是败家子，就是歪瓜裂枣，竟无一个是男儿。

而她深爱的黛玉，更是难了的心事。贾母是爱黛玉的，她安排黛玉住碧纱橱内，宝玉在橱外。看他俩相处融洽，心中喜悦，听他俩闹别扭，又为"两个不省事的小冤家"烦恼，口称"两个玉儿可恶"；鞭炮响起，她搂黛玉入怀；有风腌果子狸，也想着给颦儿送去……善于揣摩老祖宗心意的王熙凤，更是开黛玉玩笑："你既吃了我们家的茶，怎么还不给我们家作媳妇？"又指着宝玉："你瞧瞧，人物儿、门第配不上，根基配不上，家私配不上？"贾母若没这个心思，凤姐哪敢乱开玩笑？

然而，既有木石前盟，为何又来金玉姻缘呢？贾母要考虑的，不是儿女的意愿，而是家族的未来，何况还有元春的暗示——她赏赐的礼物，唯独宝玉和宝钗的一样。

宝玉听紫鹃说林妹妹要回苏州，便"死"了过去，而黛玉听见宝玉如此，也是忧急欲死。此情此景，贾母只流泪叹道："我当有什么要紧大事，原来是这句顽话。"家族利益还是胜过了儿女幸福，在功利面前，爱情注定被牺牲。贾母的见识与品位再高明，也逾越不了制度，超越不了时代。所以，对贾琏的偷鸡摸狗，她表示理解：哪个猫儿不吃腥？世人都这么过来的。

别以为贾母从此对黛玉冷酷相待，置之不顾，那是狼外婆的作风，是续书里的形象。曹公笔下那个满头银发、颤巍巍抱着外孙女哭泣、对陌生小道士尚且怜悯有加的老祖宗，岂会如此狠心？

她只是迟迟下不了决心。她去世之前，又是怎样一番光景？恐怕全是不放心。这真的是福气？也不好说。

刘姥姥第二次到荣国府，见满屋珠围翠绕，花枝招展，榻上歪着一个老婆婆，身后有美人捶腿，知是老太太。她连说自己是受苦之人，老寿星生来是享福的，这自然是由衷的羡慕。谁又不羡慕呢？

刘姥姥逛了年画般的大观园，尝了茄鲞、松穰鹅油卷等山珍海味，大开眼界。而贾母对着螃蟹馅的小饺儿，却嫌油腻，吃遍珍奇的舌尖，轻易不再有惊艳感。她过八十大寿，荣宁二府悬灯结彩，笙箫鼓乐，摆了好几天筵席，贾母按品大妆——厮见，寒暄谦让半日，方才入席。别人看见的是显赫，是气派，她自己则是道不尽的劳乏。

探春曾感慨："咱们倒是一家子亲骨肉呢，一个个不像乌眼鸡似的，恨不得你吃了我，我吃了你！"竟不如小门小户亲热温暖。而众人支棱着耳朵听刘姥姥讲乡野故事，听得入迷：我们那里呀，种地种菜，春夏秋冬，风里雨里，天天都是在那地头子上作歇马凉亭，什么奇奇怪怪的事不见呢。

这是另一个世界，"一个萝卜一头蒜""花儿落了结个大倭瓜"。辛苦但也简单自在，没有盘根错节的家族关系，不必虚礼迎来送往，也不必见贾政被召进宫便全家志忑不安。

刘姥姥羡慕贾母,贾母会不会也羡慕她呢？亚历山大大帝说:"如果我不是亚历山大,我便愿意我是第欧根尼。"亚历山大功名盖世,风光无两,而第欧根尼只是穷哲学家,靠乞讨为生,在一只木桶里生活。听起来,前者有点儿矫情,但或许也有几分真诚。

每个生命都有自己的荣耀,也有自己的局限。贾母大概想不到,贾府大厦倾颓,"树倒猢狲散"后,竟是刘姥姥救了自己的重孙女巧姐。

命运是如此古怪无常,当一切都成空,到底什么能留下来,什么能永恒不朽？这也正是曹公想要告诉我们的、深埋于《红楼梦》里的秘密吧。

〔刘姥姥〕最明亮的丑角

凤姐拉过刘姥姥,
将一盘子花横三竖四地插了她一头,众人哄笑。
刘姥姥笑道:"我这头也不知修了什么福,
今儿这样体面起来。"

‹壹›

总有学生向我抱怨：老师,《红楼梦》太难读了,读到第五回故事都还没开始！

确实,这本书开场太复杂,有三个开头：先是女娲补天,大荒山无稽崖青埂峰下,顽石通灵,西方灵河岸边神瑛侍者浇灌绛珠仙草；再是地陷东南,东南一隅姑苏城里甄士隐家,冷子兴八卦贾府,贾雨村判断葫芦案；到了第六回作者又自曝,贾家这么多人这么多事,"正寻思从那一件事自那一个人写起方妙,恰好忽从千里之外,芥豆之微,小小一个人家,因与荣府略有些瓜葛,这日正往荣府中来,因此便就此一家说来,倒还是头绪"。

天上人间,绕来绕去,比京剧的"过门"还长。

每每听到这样的抱怨,我会建议学生从第六回开始读。从这一回开始，贾府的故事才算真正拉开帷幕。这个担负着重任的刘姥姥，是一个乡下老太太、积年老寡妇，靠着两亩薄田，跟女儿女婿一起生活。她女婿狗儿的祖上曾是小小的京官，因贪慕凤姐娘家王家的势力，便"连了宗"，于是与京城豪门有了点儿瓜葛。

可是狗儿家越来越败落，如今家贫难以度日。看到女婿整天喝闷酒，一脸不争气，刘姥姥便想去求荣国府打打秋风，碰碰运气："守多大碗儿吃多大的饭。""这长安城中，遍地都是钱，只可惜没人会去拿去罢了。""谋事在人，成事在天。""还是舍着我这付老脸去碰一碰。"精明里透着见识，也颇有行动力。

这个刘姥姥绝非等闲人物，她是有故事、有使命的。前八十回，她来过荣国府两次，遗失的八十回后，她还来过，而且办了一件大事。可以说，贾家由盛至衰，她是见证者，也是参与者。

于是，刘姥姥带着外孙板儿，进了城，来到荣国府的门口。看见门口的"大石狮子""簇簇轿马"，还有守门的"几个挺胸叠肚指手画脚的人"，她鼓足勇气，掸掸衣服，"蹭"到了角门前。好不容易有一个心软的给她指了一条路，让她拐到后街后门寻周瑞家的。因周瑞曾跟狗儿有过交情，周瑞家的也想趁此显摆自己有能耐，便带着刘姥姥去见管事的凤姐。

刘姥姥与板儿

我们已经随着林黛玉走过了荣国府的部分前院后屋，如今再跟着刘姥姥走一下，则是另一副眼光了。她随着周瑞家的先来到一个倒厅，过了影壁，进入院子，到了正房，掀了猩红毡帘，走进堂屋，就看见了"遍身绫罗，插金带银，花容玉貌"的平儿。刘姥姥还错认平儿是凤姐，而满屋耀眼争光之物，更是晃得她头晕目眩，再听见自鸣钟当的一声，更是吓得一展眼。

一入侯门深似海，荣国府何其"大"，刘姥姥何其"小"。小与大、贫与富、卑微与高贵，就这样相遇了。

终于见到王熙凤。她一番忸怩，才要忍耻开口，却一波三折。贾蓉来跟凤姐借玻璃炕屏，等贾蓉走后，刘姥姥的勇气已经用完，开不了口，便推板儿："你那爹在家怎么教你来？打发咱们作煞事来？只顾吃果子咧。"只好拿小孩子壮胆。凤姐最后给了二十两银子，又贴心地给了她一吊钱去雇车。刘姥姥喜出望外，高兴得浑身发痒，脱口说："'瘦死的骆驼比马大'，凭他怎样，你老拔根寒毛比我们的腰还粗呢！"后来周瑞家的埋怨她说话太粗了，她笑道：哎呀，我爱她都爱不过来，哪里还说得了话呢。

第一次来到这样的豪门巨族，她自然胆怯。

第三十九回刘姥姥又来了。这次她是来报恩的，带了枣子、倭瓜和野菜："今年多打了两石粮食，瓜果菜蔬也丰盛，这是头一起摘下来的，并没敢卖呢，留的尖儿孝敬姑奶奶姑娘们尝尝。姑娘们天天山珍海味的也吃腻了，这个吃个野意儿，也算是我们的穷心。"出乎意料，刘姥姥居然见到了贾母。按常理，这两人根本不可能有交集，但王熙凤怜惜刘姥姥大老远过来，让她住一晚再走，贾母正想找一个老人家拉家常，用周瑞家的话，这就是"投上缘分"了。

刘姥姥和贾母就像两个平行世界里的人，这一场相遇，相当考验作家的笔力和想象力。刘姥姥进了屋，只见满屋里珠围翠绕，花枝招展，榻上歪着一位老婆婆，身后还有一个纱罗裹着的美人给她捶腿，便知这是贾母，上前行礼，笑称："请老寿星安。"她这一开口，读者忍不住要拍大腿：绝了！贾母则回称："老亲家，你今年多大年纪了？"成了！

一个"老寿星"，一个"老亲家"，你来我往，全是阅历，全是人心和世情，真有无限蕴藉。《红楼梦》之博大幽深，是因为不仅写了大观园里的少女，还写了更广阔的世界——男人、女人，还有七十多岁的老太太，世相、众生相都在这里。

刘姥姥说自己七十五岁了，贾母赞她健朗。她笑着说："我们生来是受苦的人，老太太生来是享福的，若我们也这样，那些庄家活也没人作了。"贾母自嘲不中用了，刘姥姥说这是福气。贾母喜欢刘姥姥带来的土特产，刘姥姥说："这是野意儿，不过吃个新鲜，依我们想鱼肉吃，只是吃不起。"

这次，刘姥姥的言行举止明显自如多了。一是不需忍耻求告，满怀感恩之心；二是贾母果如平儿所说，"最是惜老怜贫"，满面春风，一片善意，让刘姥姥很放松。两个老太太，世事洞明、人情练达、烟火气十足，居然毫无阶层障碍。善意果然是最顺滑的社交硬通货。

第二天，贾母带刘姥姥逛大观园。先到了潇湘馆，贾母见纱窗旧了，凤姐便命人取出"软烟罗"，颜色又鲜，纱又轻软，刘姥姥看呆了，说糊窗户多可惜，做衣裳多好。贾母却说：这做衣裳倒不好看，不如糊窗户、做帐子呢。

贾母的世界，是趣味，是审美，刘姥姥却全是实用性。一个精致却沉闷，一个粗糙但鲜活。

要开饭了，众人坐定，第一碗菜上来，贾母刚说"请"，刘姥姥便站起身，高声说道："老刘，老刘，食量大似牛，吃一个老母猪不抬头。"说毕，自己却鼓着腮不语。湘云的一口饭都喷了出来；黛玉笑岔了气；宝玉笑得滚到贾母怀里，贾母搂着他叫"心肝"；王夫人笑得说不出话；薛姨妈嘴里的茶喷了探春一裙子；探春的饭碗都扣在了迎春身上；惜春笑得拉着她奶妈叫揉肠子；下人们笑得弯腰屈背，也有躲出去蹲着笑的，也有忍着笑上来替姊妹换衣裳的……看她吃鸽子蛋，那"老年四楞象牙镶金"的筷子太重了，好不容易撮起一个来，才抻着脖子要吃，偏偏滚在地上，待要去捡，早有丫鬟收拾走了。凤姐说一两银子一个呢，她叹道："一两银子，也没听见个响声儿就没了。"

此时众人已没心吃饭，都看着她笑，竟是从未有过的肆意和快活。

作为一个老牌贵族，荣国府里的礼节，可谓多如牛毛，武装到牙齿。上下尊卑，男女之别，真是处处有讲究，事事有规矩。排座次，讲顺序，非礼勿动，非礼勿言，非礼勿视。穿的是雀金裘，摆的是嵌着慧纹的紫檀透雕，糊窗户的是软烟罗，吃酒、听戏、打牌……只是，文化过于精致，层层包裹会丧失活力和生命力。就像茄鲞，用好多只鸡和香菇去配它，却没了茄子味。

人心更是散乱。从主子到奴才，个个都揣着小算盘，明争暗斗，拉帮结派。邢夫人对王夫人、王熙凤充满怨怼；贾赦在中秋之夜，说偏心母亲的笑话，刺痛了贾母；赵姨娘则满怀失意者的嫉恨；贾琏一有机会就偷鸡摸狗，在鲍二家的面前咒凤姐……探春说："咱们倒是一家子亲骨肉呢，一个个不像乌眼鸡似的，恨不得你吃了我，我吃了你！"

丑角一样的刘姥姥，竟像来拯救他们的。她那黄土地般的粗粝气质、饱满圆润的生命状态，照出了这个大家庭的另一面：贫乏、无趣、暮气沉沉。贫与富、卑微与显赫、拙朴与精致，世人一向偏爱后者，但刘姥姥一来，这两个世界相互碰撞，也相互照见，界限似乎变得模糊不清了。

〈贰〉

有人说，刘姥姥甘当"女篾片"，弄乖出丑，是懂得投其所好，追求利益最大化，所以她最精明。结果她的演出很成功，王夫人赏了一百两银子，凤姐额外给了八两，还有吃的穿的用的，一大车值钱东西，这一趟来得可太值了！

这未免把人想得太功利了。刘姥姥也许就没有那么多弯弯绕的心思，她只是放得开、拿得稳，善于自嘲，懂得放低姿态，不把自己当回事罢了。

丫鬟端来大荷叶式的翡翠盘子，里面有各色折枝菊花，贾母拣了朵大红的簪在鬓上。凤姐拉过刘姥姥，将一盘子花横三竖四地插了她一头，众人哄笑。刘姥姥笑道："我这头也不知修了什么福，今儿这样体面起来。"众人笑道：这个凤姐，把你打扮成老妖精了！她笑嘻嘻地说道："我虽老了，年轻时也风流，爱个花儿粉儿的，今儿老风流才好。"

她一点儿也不玻璃心，还时不时玩一把自嘲，竟有一股子名士范儿。《世说新语》记载魏晋名士刘伶："悠悠荡荡，无所用心。尝与俗士相牾，其人攘袂而起，欲必筑之。伶和其色曰：'鸡肋岂足以当尊拳！'其人不觉废然而返。"把自己的姿态降得很低，就能化解很多尴尬。

谁不喜欢这样的刘姥姥呢？她不"我执"不拧巴，像水一样随物赋形，随遇而安。不焦虑不怨恨，接纳自己的窘迫，也能以平常心赞美富贵，善于跟自己和解，跟世界和解。孔子说子路："衣敝缊袍，与衣狐貉者立，而不耻者，其由也与！"他在夸子路，尽管穿得破破烂烂像个乞丐，跟穿名贵皮袍的人站在一起，也不猥琐、不气馁。刘姥姥也担得起这样的褒扬。

饭毕，她看着李纨与凤姐对坐着吃饭，叹道："我只爱你们家这行事，怪道说'礼出大家'。"凤姐和鸳鸯赶紧道歉：您可别多心，刚才大家闹着玩呢。刘姥姥却说："姑娘说那里话，咱们哄着老太太开个心儿，可有什么恼的！你先嘱咐我，我就明白了，不过大家取个笑儿。我要心里恼，也就不说了。"

全是体谅。她内心敞亮着呢。

正因这满满的善意，后来荣国府大厦倾覆，家族败落，凤姐被休，巧姐被狠舅奸兄卖到烟花巷，是她，倾家荡产救出了巧姐。巧姐的判词上画着一座荒村野店，一美人在纺绩，"偶因济刘氏，巧得遇恩人"。正是在刘姥姥的帮助下，巧姐脱离苦海，最终嫁给了板儿，这是不幸中的大幸。板儿和巧姐居然成了夫妻！只是，当她鼓起腮帮子当"女篾片"，众人哄堂大笑的时候，谁会想到这样的结局呢？

这两个孩子是有过交集的。在探春房里，案上摆着几个娇黄玲珑的大佛手，探春给了板儿一个。吃饭时，巧姐抱着一个大柚子，要板儿的佛手，众人忙把柚子给了板儿，将佛手给了巧姐。此处脂砚斋评曰："小儿常情，遂成千里伏线。"又有注曰："柚子，即今香团之属也，应与缘通。佛手者，正指迷津者也。"板儿与巧姐的缘分，就这样埋下。

连"巧姐"这个名字也是刘姥姥给起的。王熙凤说这孩子身体不好，刘姥姥说：富贵人家的孩子太娇嫩，姑奶奶以后少疼她些就好了。凤姐便让她给孩子起个名字，一来借老人家的寿，二来贫苦人起名字，压得住。大姐生于七月初七，刘姥姥建议：索性"以毒攻毒，以火攻火"，就叫巧哥儿！必长命百岁，遇难成祥，逢凶化吉！

《红楼梦》"草蛇灰线，伏脉千里"，无一处闲笔。

同样是食客"篾片"，《金瓶梅》里也有一个应伯爵，他特别善解人意，西门庆最喜他。他当中间人，给西门庆介绍生意人，自己也得了不少好处。连黄四李三来找西门庆借贷，他也能倒腾出十两银子的抽头，平日蹭吃蹭喝，拉着西门庆在丽春院里听戏喝酒，都是他最擅长的营生。不过，西门庆死后，应伯爵很快就挂靠了另一个土豪张二官，还把西门家生前的几个得力小厮也挖走了。

一样的身份和处境，人性却大不同。应伯爵只是食客，刘姥姥却有春秋时代门客的古风——食君之禄，忠君之事，赴汤蹈火，在所不辞。《红楼梦》真是一个明亮的人性世界。

〈叁〉

刘姥姥还是一个段子手。

她喝着茶，跟众人讲乡村见闻，大家都听得入了迷，觉得比说书先生讲得还精彩。讲完了肚里的存货，

老太太和姑娘们还个个意犹未尽,她只好开始杜撰:

> 我们村庄上种地种菜,每年每日,春夏秋冬,风里雨里,那有个坐着的空儿,天天都是在那地头子上作歇马凉亭,什么奇奇怪怪的事不见呢。就像去年冬天,接连下了几天雪,地下压了三四尺深。我那日起的早,还没出房门,只听外头柴草响。我想着必定是有人偷柴草来了。我爬着窗户眼儿一瞧,却不是我们村庄上的人。

贾母忍不住插嘴:一定是过路的客人,抽去烤火!她笑道:并不是。原来是一个十七八岁极标致的小姑娘,梳着溜油光的头,穿着大红袄、白绫裙子,在雪下抽柴呢……这故事太美,俨然乡村版"雪夜访戴"。别小瞧庄稼人的艺术天赋,信天游、秦腔和花儿,哪一个出自文人之手呢?

刚说到这里,故事却被打断,原来是南院子马棚走了水。刘姥姥又讲另一个故事:我们东边庄上有个老奶奶,都九十多岁了,天天吃斋念佛,感动了观音菩萨。菩萨托梦给她:你本来是要绝户的,但看你虔心,再给你一个孙子。原来老奶奶有一个孙子,可惜十七八岁就死了。后来果然又有了一个,如今十三四岁,粉团似的，聪明伶俐得了不得，看来还是有神佛的。这故事，连木头人王夫人都被打动了。

还能根据听众心理量身定做讲故事，刘姥姥真是妙人。钗黛们是学院派文青，她们为海棠、菊花和桃花写诗，"一朝春尽红颜老，花落人亡两不知"，这是诗人眼中的世界。刘姥姥却说"花儿落了结个大倭瓜""一个萝卜一头蒜"。她的世界，春华秋实，广袤厚重，养育一切，也接纳一切。

宝玉一直惦记着那个雪下抽柴的小姑娘，一个劲儿追问。刘姥姥只好随口编造：这姑娘叫茗玉，十七岁时病死了，父母难过，为她建了祠堂，塑了像。后来祠堂破败了，她却成了精，时常出来到村子边上田庄上闲逛呢。宝玉又惊又喜："不是成精，规矩这样人是虽死不死的。"这就是他的哲学：一切美好的生命，必将不朽。

当日逛大观园时，刘姥姥走至"省亲别墅"的牌坊下，还以为是一个大庙，要趴下磕头。大观园是什么地方？是地上的乐园，也是终将失去的乐园，可不就是一座庙吗？

宝玉和刘姥姥的故事，还没有完。

贾母带刘姥姥逛大观园，吃完酒席，还去妙玉的栊翠庵喝了茶。刘姥姥去解手，却在园子里迷了路，七弯八拐，走进了一个地方。只见锦笼纱罩，金彩珠光，还有一面大穿衣镜,她不小心触动机栝,又进了一扇门,门里却有一副床帐,是天下最精致的所在。酒醉之人,便一歪身,睡倒在床上。待袭人进来,听见鼾齁如雷,闻得酒屁臭气,却见刘姥姥扎手舞脚,在床上酣睡,不由得大惊失色,连忙推醒她,再三叮嘱她保密,又悄悄整理好床铺,再拿百合香熏上。刘姥姥忙问:这是哪个小姐的绣房啊?像天宫一样哪!袭人微微一笑,答道:是宝二爷的卧室。刘姥姥吓得一声也不敢吭。

如果是在妙玉的栊翠庵,她一定恨不得用水把地面洗破皮。因为刘姥姥曾用了她给贾母的杯子,妙玉便想要扔掉杯子,还是宝玉说赏给刘姥姥,妙玉却说:幸亏我不曾用过,否则砸碎了也不给她。

宝玉也有洁癖,他的房间是媳妇婆子们的禁地。在他眼里,女儿们个个清净洁白,是宝珠,发出五彩之光;出嫁了就变成了死珠,毫无光彩;再老了,竟是"鱼眼睛",沾了男人的气味,比男人更混账、更可杀了。但他一尘不染的卧室,却偏偏劫遇了"母蝗虫",被刘姥姥撒了野。

曹公为什么要这样安排?他是故意的。给宝玉开了一个玩笑,同时也是一种警醒:清与浊、卑微与高贵,其实不容易分辨。更何况,到头一梦,万境归空,在命运面前,众生平等,还是谦卑一些好。如果宝玉知道真相，刘姥姥曾这样"荼毒"过自己的卧室，会做何反应？

曹公笔下的人，个个多面体、多向度。贾母"享福人福深还祷福"，儿孙绕膝尚觉不足；宝钗总要当道德模范，珍重芳姿，且行且累；妙玉"躲进小楼成一统"，孤芳自赏却心怀纠结；探春因为庶出，心事重重；王熙凤贪心太盛，聪明反被聪明误；而黛玉，还开刘姥姥的玩笑，说她是"母蝗虫"，对外面的世界，她所知甚少。唯有宝玉内心无碍，最为通达。他天真、热情，有赤子之心，对整个世界温柔以待。这样的人，怎会嫌弃刘姥姥？刘姥姥透彻明理，心怀慈悲，正因为如此，她雪下抽柴的故事，她讲的茗玉，才能打动他。

对世界有爱与体谅的人，会相互辨认。即使一个是乡野俗妇，一个是富贵公子。

〔王夫人〕

中国式媳妇

刘姥姥第一次进贾府前,曾提起未出嫁时的王夫人:

"着实响快,会待人,倒不拿大。"

彼时,她是王家的二小姐,还不是现在的王夫人。

‹壹›

第七十三回，傻丫头在大观园里游玩，无意中在假山处捡到一个绣春囊，刚好被邢夫人发现，她便让陪房王善保家的拿给王夫人看。

王夫人又惊又怒，她最怕的就是大观园出现这等不洁之事。她先是不分青红皂白赖到王熙凤身上，后又兀自恼怒，这时，王善保家的趁机插上一刀：太太，园子里的那些丫头们，确实该整治整治了。别的也就罢了，尤其那个晴雯，"仗着他生的模样儿比别人标致些，又生了一张巧嘴，天天打扮的像个西施的样子，在人跟前能说惯道，掐尖要强。一句话不投机，他就立起两个骚眼睛来骂人，妖妖趫趫，大不成个体统"。王夫人听了，一下子触动了往事，对凤姐说：我上次看见一个丫头，长得"水蛇腰、削肩膀、眉眼有些像你林妹妹的"，正骂小丫头。我看不上这等狂样子，想必就是她了。

于是，便让人去传晴雯。晴雯素日知道王夫人不喜妆饰，就没刻意打扮，素面朝天地来了。然而，粗服不掩国色，在王夫人眼里，却是"钗鬏鬓松，衫垂带褪，有春睡捧心之遗风"，果然一个"妖精似的东西"。她冷笑："好个美人！真像个病西施了。你天天作这轻狂样儿给谁看？你干的事，打量我不知道呢！我且放着你，自然明儿揭你的皮！""我看不上这浪样儿！谁许你花红柳绿的妆扮！"

句句锋利如刀，把晴雯给骂蒙了，她哭着回到园子里，完全不知道发生了什么。

过完节，王夫人就开始行动了。她先打发走了迎春房里的丫头司棋，就来料理怡红院。宝玉看见周瑞家的强拉司棋走，非常难过，含泪道："我不知你作了什么大事，晴雯也病了，如今你又去。都要去了，这却怎么的好。"他没想到，等待晴雯的，将是更残酷的命运。

王夫人让人把病重的晴雯从炕上拉下来，再架出去，只许带几件贴身的旧衣服，把好衣服留下给好丫头穿。接着，又把"坏丫头"四儿领出去配人，小戏子芳官等也不能留了，便让她们的干娘统统领走。

一场抄检，再加一番清洗，大观园失去了司棋、入画、晴雯、四儿、芳官、藕官和蕊官。因晴雯本是贾母身边的人，王夫人要对贾母有交代，她是这样对贾母说的：那个晴雯，病不离身，也比别人淘气，人又懒。前儿又病了，大夫说是女儿痨，我就让她出去了。若好了呢，也不必进来，配小子好了。

听起来头头是道，却字字都是谎言：晴雯根本没得什么女儿痨。至于懒？怎么可能！那个在病中一夜无眠，挣着命补好宝玉的雀金裘的勇晴雯，简直就是怡红院的劳模。贾母听了王夫人的话，着实纳闷：晴雯这丫头，我看着甚好，模样言谈针线都好，将来也就她可跟着宝玉，谁知竟变了？王夫人说老太太挑中的人自然不错，只是她没造化，得了这病。我也先选中她的，但她这人不大沉着。若论"知大体"，还是袭人第一，性情和顺，举止沉稳。

王夫人的逻辑是："况且有了本事的人，未免就有些调歪。""他色色虽比人强，只是不大沉重。"三言两语把晴雯判了死刑，并钉在了道德耻辱柱上。

语言能抚慰人，也能杀人。鲁迅说："翻开历史一查，这历史没有年代，歪歪斜斜的每页上都写着'仁义道德'几个字。我横竖睡不着，仔细看了半夜，才从字缝里看出字来，满本都写着两个字是'吃人'！"道德不会直接杀人，它总是借助他人之手。而亮出屠刀的，往往自认真理在握，振振有词。

更令人沮丧的是，这些"刽子手"并非十恶不赦的坏人，她们甚至是平常人，是好人。柳妈这样吓唬祥林嫂：再嫁的女人死了以后，俩男人会争夺她，阎王爷就把她劈成两半，分给他们……说这话的时候，她一定觉得自己是在善意提醒。四婶不让祥林嫂触碰贡品，也真心认为祥林嫂这个人"不祥"，而非怀揣恶意。

王夫人更是中国好儿媳、好母亲和好妻子，三位一体，没毛病。

她敬婆婆，心里也惦记着老太太，总为她着想。湘云请贾母吃螃蟹赏桂花，老太太问在哪里摆？她答：老太太爱在哪里，就在哪里。吃完螃蟹，她又提醒老太太："这里风大，才又吃了螃蟹，老太太还是回房去歇歇罢了。若高兴，明日再来逛逛。"老太太建议大家凑份子，为凤姐过生日，她说："老太太怎么想着好，就是怎么样行。"配药用人参，贾母拿出来的人参因保存太久，失了药性。她另外找宝钗买了一些，又嘱咐："倘一时老太太问，你们只说用的是老太太的，不必多说。"

她是慈母。宝玉放了学，一头扎进她怀里，跟她说话，她摩挲着儿子，爱意满满。宝玉挨打，她抱住贾政的板子，哭着求情：老爷管教儿子，我也不敢狠劝，但也要看看夫妻的情分。你如要勒死他，就先勒死我……字字血泪，更是趴在宝玉身上放声大哭，肝肠

王夫人

寸断。

对其他人，王夫人也表现得通情达理。黛玉初进贾府，她提醒王熙凤，拿两匹缎子去给林妹妹裁衣服；贾府请妙玉，妙玉清高孤傲，王夫人表示理解：她是官宦小姐，自然骄傲些，那就下个帖子请她吧；刘姥姥第二次来，她出手赏了一百两，让她或做个小买卖，或置几亩地，以后别再求亲靠友的。

王夫人即便讨厌赵姨娘，但对探春却相当不错。凤姐身体有恙，她安排探春、李纨和宝钗一起掌管大观园的日常事务。探春自己明白："太太满心疼我，因姨娘每每生事，几次寒心……如今因看重我，才叫我照管家务。"凤姐也说："太太又疼他（三姑娘），虽然面上淡淡的，皆因是赵姨娘那老东西闹的，心里却是和宝玉一样疼呢。"大太太能做到这一点，是很不容易的，一般人没这肚量。

贾家是钟鸣鼎食之族、诗书簪缨之家，规矩多，讲究杂。王夫人上有精明老辣的贾母，下有"顽劣"的儿子，一旁还有心怀不满的妯娌邢夫人，还有在角落里咬牙嫉恨的赵姨娘。而贾政，王夫人跟他生了两个儿子和一个女儿，他却更愿意在赵姨娘屋里歇息，跟王夫人没什么话说……这样一个复杂的大家庭，王夫人周旋其间，实非易事。

但王夫人口碑不错。贾母对薛姨妈夸王夫人：你姐姐极孝顺我，不像大太太那样一味怕老爷，在我面前不过应景罢了。在另一场合也说："可怜见的，不大说话，和木头似的，在公婆跟前就不大显好。"

她还念佛，连刘姥姥都知道她乐善好施。但就是这样一个温和知礼的好人，出手却如此狠辣，可见人性之复杂幽微。

听见金钏和宝玉说话有点儿轻浮，她一巴掌打过去："下作小娼妇，好好的爷们，都叫你教坏了。"看见晴雯这"妖精似的东西"，她道："好好的宝玉，倘或叫这蹄子勾引坏了，那还了得。"

这种对美的"古老的敌意"，由来已久。很多人坚信，美能导致灾祸。中国历史上有不少狐狸精，从妺喜到妲己，再到褒姒、杨玉环，名单很长。她们漂亮、聪明，却被称为"红颜祸水"，要为破败的江山社稷、江河日下的世道人心负责，所以姜太公要掩面斩妲己，褒姒被虏，杨贵妃被缢死。

晴雯那么美，却无比清白。她骄傲，不会忍气吞声；她嘴贱，心直口快，却不知自己太美，太有个性，恰恰犯了大忌。

<贰>

王国维说,《红楼梦》之为悲剧,并非有哪个蛇蝎之人作弄,是"普通之人物、普通之境遇逼之,不得不如是"。每个人都有自己的角色和立场,都有自己的理由。按照这个解释,王夫人最在意宝玉的名声,一心要他走正道,担心他学坏,这也是人之常情。推而广之,像晴雯这样的悲剧,竟不可避免了。

在这样的悲剧面前,凡人无能为力。毕竟,人人皆有生之欲,自己的生之欲,往往是他人的地狱。但欲望不是罪。

欲望是生命的原力,本身无关善恶,可承载人,也可淹没人。可怕的是狭隘,狭隘的人,他们的世界灰暗而单一,充满了道德偏见,往往不容异己。倘若有权力加持,更会"万马齐喑究可哀",百灵鸟都会停止歌唱。所以才有阮籍的穷途之哭、嵇康的广陵绝响。

平庸的好人,做起坏事来往往更可怕,因为他们自以为正确。汉娜·阿伦特曾说,其实那些纳粹的帮凶,也并非生来就坏,他们有的甚至是好人。但"恶是不曾思考过的东西",他们不能分辨,总是不假思索,还勤勤恳恳地遵守职责,就这样,水到渠成地成了杀人机器的螺丝钉,这就是"平庸之恶"。

曹公为何偏偏让晴雯"撕扇子作千金一笑"？

褒姒裂帛、烽火戏诸侯，一直是狐狸精们的罪状，但很少有人去深究其中的真相。美只是美，是最无用的，既杀不了人，也卖不了国。所谓美色杀人，难道不是因为慕色之人缺乏自制？至于灾祸，难道不是因为男性追逐权力而导致的吗？

曹公是在考验我们，考验我们对生命的理解，是否足够丰富辽阔。夏日的傍晚，一个天真的少女，心无旁骛地撕了两把扇子，她和身边的人，都很喜悦，如此而已。如果提升一下，这里面是有人性的自由和解放的。与其绷紧神经，道德加持，不妨代之以审美观照。所以，宝玉说："'千金难买一笑'，几把扇子能值几何！"可惜，眼里只有物，只有道德，却看不见人的比比皆是。"粗粗笨笨"的袭人、"一生最嫌这样的人"的王夫人就是，她们看见的是伤风败德，是轻浮，是不成体统。

清洗怡红院时，王夫人骂芳官："唱戏的女孩子，自然是狐狸精了！"在她，戏曲就是淫词艳语，什么"良辰美景奈何天"，什么"纱窗也没有红娘报"，这些会坏人心智。戏子呢，自然就是"狐狸精"了，会带坏人。你看，她几乎天天看戏，却如此乏味无趣，一点儿艺术细胞也没有。贾母还有审美，讲究音乐、装修，满满的生活情趣，但王夫人看戏，只看到了"装丑弄鬼"。

一个人内心不自由，怎么能看见美！

袭人无意中听到宝玉对黛玉倾诉衷肠，便吓得魂飞魄散，认为这是丑祸，是不才之事。但她自己却跟宝玉偷试云雨，还躺在床上装睡，引宝玉来玩耍。宝玉挨打后，她跑到王夫人那里表忠心，说自己日夜悬心，就怕二爷被人坏了名节，二爷如今大了，里头姑娘们也大了，到底不方便，以后要搬出园子才好……句句入王夫人的心坎，她们惺惺相惜，相见恨晚。王夫人更是每月拨出二两银子给袭人，坐实了袭人准姨娘的身份。对着薛姨妈，王夫人含泪说：袭人这孩子，比我的宝玉强十倍！薛姨妈也连连点赞：这孩子行事大方，和气里带着刚硬要强，实在难得。如果她们知道袭人和宝玉的真实关系，会怎么想？

眼前只有一条路的人是可怕的。雨果在《九三年》里写西穆尔丹，说他是那种目光笔直、毫无余地的"正直的人"。而地狱，往往藏在这样的观念里。

凤姐喜欢宝玉和黛玉，她还开黛玉的玩笑："你既吃了我们家的茶，怎么还不给我们家作媳妇？"王善保家的对晴雯充满恶意，凤姐却有意回护。还有鸳鸯，无意撞到司棋和潘又安的情事，她虽然又羞又急又怕，却担心司棋为此病倒，偷偷跑去安慰她，让她放心，并发我爱这些温情、自由而辽阔的心灵。

《红楼梦》是人性的世界，而非道德审判台。曹公有上帝之眼和菩萨心肠，即使对赵姨娘这样的人，也少有疾言厉色，总体上保持着客观和冷静。对王夫人，更是如此，下笔格外谨慎，也格外温厚。王夫人痛骂晴雯，他这样解释："王夫人原是天真烂漫之人，喜怒出于心臆。"程乙本把这句话删掉了，白先勇先生喜欢程乙本，说删得好，因为"天真烂漫"这个词，用在王夫人身上，不妥。

我宁愿认为，这是曹公特意为长辈留的面子，这里面是有理解，有担待，也有慈悲的。他写宝玉挨了打，王夫人趴在宝玉身上放声痛哭，其情其景，让人备感心酸。曹公对血缘亲情，总是有体贴，他是典型的中国作家。

但他也终究让宝玉写下《芙蓉女儿诔》，发出悲愤的天问："呜呼！固鬼蜮之为灾，岂神灵而亦妒。钳诐奴之口，讨岂从宽；剖悍妇之心，忿犹未释！"金钏、晴雯们受难，宝玉只能眼睁睁地看着，却无能为力，而那个辣手摧花的，竟是他的母亲！她就这样，亲手撕裂了他的世界，这是怎样的悲哀，怎样的无奈。

他哭着说："我究竟不知晴雯犯了何等滔天大罪！"

我们也不知道。

抄检大观园，是贾府大败落的开始。探春为此痛心疾首：我们大家族，是"百足之虫，死而不僵"，从外头杀来，一时是杀不死的。总是自杀自灭，窝里斗，才会一败涂地。但王夫人觉得自己是在保护儿子，"都是为你好""你难道不理解我的苦心"。以爱，以道德的名义进行"谋杀"，大概是最典型的中国式悲剧了。

宝玉说：女儿是水作的骨肉，我见了便清爽。可他也说："女孩儿未出嫁，是颗无价宝珠；出了嫁，不知怎么就变出许多的不好的毛病来……再老了，更变的不是珠子，竟是鱼眼睛了。"这不是鄙视中老年女性群体，也不是女权主义宣言，而是对"一个人怎么就变作两样"的困惑与哀伤。为什么女人沾染了男人的气息，就如此丑陋？

这是清与浊、纯真与世故的对立，也是生命个体内在的悖论。

刘姥姥第一次进贾府前，曾提起未出嫁时的王夫人："着实响快，会待人，倒不拿大。"彼时，她是王家的二小姐，还不是现在的王夫人。从二小姐成为这样的王夫人，也是一个很深的悲剧，那是另一个故事。

〔贾政〕憋屈的正经人

待宝玉写出"绕堤柳借三篙翠,隔岸花分一脉香",
贾政更是点头微笑。
自然,还是要厉声骂一句:"畜生,畜生,可谓'管窥蠡测'矣!"
然后又命:"再题一联来。"

〈壹〉

我读中学的时候，课本上节选了"宝玉挨打"。那个时候，我被告知：贾政打宝玉，是旧势力对新生力量的残酷镇压，集中体现了封建社会父权的邪恶与腐朽。你看，贾政自己夺过板子，"咬着牙狠命盖了三四十下"，板子打下去"又狠又快"，不听人劝，反说："明日酿到他弑君杀父，你们才不劝不成！"

没毛病，确实可恶！

近年似乎多了点心平气和，再细读这一节，发现这打人者，自己也又痛又泪，简直是遍体鳞伤。而且，打宝玉也算事出有因：先是素无往来的忠顺王府来寻琪官，引出宝玉有"玩戏子"的嫌疑；再有金钏跳井死了，一向待下宽柔的贾府从未有过这类事，贾环又趁机告黑状，说是宝玉强奸不遂，金钏才跳井……而贾政，气得面如金纸,"喘吁吁直挺挺坐在椅子上,满面泪痕,一叠声'拿宝玉!拿大棍!拿索子捆上!把各门都关上!有人传信往里头去,立刻打死'"。

待宝玉一来,便如箭在弦上,不得不发,这"又狠又快"的板子,竟一气呵成了。

宝玉被打得气息奄奄,小衣上全是血痕,王夫人赶来大哭:我将五十岁的人只这一个孽障,老爷你要勒死他,就先勒死我!贾政也泪如雨下。贾母颤巍巍地赶来,贾政又是赔笑,又是苦苦叩求认罪。这是"手足眈眈小动唇舌,不肖种种大承笞挞",所有人都在哭,宝玉也被打了个半死。

而贾政,也只是一个气急了的父亲。试想,如今哪个父母能容忍孩子不读书却玩戏子,还侮辱异性呢?在这场家庭悲剧里,没有一个坏人。高明的作家,不会人为划分人性的等级,制造善恶对立,而是心怀慈悲,体察每个人的不得已。他只是写下他们的境遇、他们的局限。

再看书中其他父亲,暴力简直是居家必备。贾赦看上石呆子的古扇,贾琏没买成。贾雨村构陷石呆子下狱,把古扇送给了贾赦。贾赦嫌弃贾琏没本事,炫耀雨村的能耐,贾琏表示:弄得人坑家败业,也不算什么本事。此刻的贾琏,良知闪闪发光,却被贾赦打了一顿,据平儿说都被打破相了。

贾母一行人来清虚观打醮，贾珍嫌贾蓉懒，上来就骂："我这里也还没敢说热，他倒乘凉去了。"又喝命小厮去啐他，往他脸上吐口水。后来听赖嬷嬷说起，贾家父亲对儿子粗暴是祖传遗风，据说除了打骂，贾珍的爷爷性格更是火爆，审儿子像"审贼"一样。

对儿子，贾赦是蛮不讲理，贾珍是人格羞辱，相比之下，贾政对宝玉，就只是误会和隔阂了。

隔阂是必然的。传统的大家庭，父子不只是父子，背后还有坚硬的权力结构：三纲五常，父父子子，更有家国同构。不孝就是不忠，孝顺得好还可以做官。血缘亲情不再单纯，混杂了道德、习俗和制度。父亲有绝对权威，对儿子不仅有处置权，还有所有权。

权力让人傲慢。于是，神州大地盛产严父。孔鲤是孔子的独生子，有人问他：您多少也得到过特别的教诲吧？孔鲤讲了两件事。

某天，孔子在庭院里，孔鲤恭恭敬敬迈着碎步从他面前走过，被孔子叫住，问他：学《诗》了吗？孔鲤答：还没有。孔子说，不学《诗》，就不会说话。孔鲤退而学《诗》。又一天，孔子又在庭院里，孔鲤又迈着碎步走过，又被叫住问：学礼了吗？孔鲤答：还没有。孔子说，不学礼，就不会做人。于是孔鲤退而学礼。

孔鲤讲完，这人很兴奋："问一得三。闻诗，闻礼，又闻君子之远其子也。"原来君子是这样当父亲的。"君子远其子"，是说君子对儿子要保持距离，不能偏爱。既然圣人如此，后人更是有样学样，纷纷板起脸来了。

宝玉去上学，要跟父亲辞行。书中说"偏生这日贾政回家早些，正在书房中与相公清客们闲谈"，意思是宝玉本来希望贾政不在家，却偏偏在。他见宝玉来请安，便冷笑道："你如果再提'上学'两个字，连我也羞死了。依我的话，你竟顽你的去是正理。仔细站脏了我这地，靠脏了我的门！"幸亏有众清客打圆场，两个年老的赶紧拉了宝玉出去，不然不知如何收场呢。

宝玉当然怕这样的贾政。只要一听见"老爷叫宝玉"，他就两眼发黑，连林妹妹都顾不上了。

贾母深知这一点，她最疼宝玉。幸亏有她，不然宝玉的人生一定千疮百孔。曹公也深知这一点，第三十七回就让贾政点了学差，外出公干去了，直到第七十回才回来。而这两年多，正是宝玉和姐妹们最美好的年华，也是大观园最鼎盛的时期。这样的时光，父亲一定不能在身边。

不过，贾政虽然是严父，但他紧绷的脸，也是有表演成分的。

"大观园试才题对额"这一回，大观园刚落成。这天，在园子里玩的宝玉，躲闪不及，迎面遇到了贾政和众清客。贾政因私塾先生赞宝玉会对对联，有"歪才情"，便命他跟来。

这一次宝玉倒大放异彩。进门处，众人说"叠翠""锦嶂"，还有"赛香炉""小终南"什么的。宝玉说：此处非正景，不如叫"曲径通幽处"，既留下探景余地，又大方气派。众人大赞，贾政笑道："不可谬奖。他年小。"注意，贾政终于笑了。待宝玉写出"绕堤柳借三篙翠，隔岸花分一脉香"，贾政更是点头微笑。自然，还是要厉声骂一句："畜生，畜生，可谓'管窥蠡测'矣！"然后又命："再题一联来。"

你看，他明明喜欢宝玉的才情，却口口声声骂他贻笑大方，明明想炫耀自己的孩子，却要摆出一副臭脸。一路下来，倒是照见了这个严父的另外一面。其实，他不暴躁，就是古板了点，嘴硬了点，架子也端得太足了点。

到了后来的"稻香村"这处，只见黄泥砌的矮墙，墙头是稻草秆，还种着几百株杏花，贾政笑道：有意思！未免勾起我归农之意。这话是官场标配，表明自己不官迷、不恋权，内心也住着一个陶渊明呢。宝玉脱口说这地方不好，因为全靠人力穿凿扭捏而成，"远无邻村，近不负郭，背山山无脉，临水水无源"，像在城市里装模作样地搞农家乐。没等宝玉说完,贾政喝道:"又出去!"刚出去,又叫回来,凶巴巴地命宝玉再题一联。走到水闸处,宝玉建议叫"沁芳闸"。他又说:"胡说,偏不用'沁芳'二字。"

话虽这么说,省亲别院所有的门牌匾额,几乎都用了宝玉的提议。

到后来,在第七十六回,黛玉和湘云在凹晶馆联诗,说起凹晶馆和凸碧堂名字的由来:

> 实和你说罢,这两个字还是我拟的呢。因那年试宝玉,因他拟了几处,也有存的,也有删改的,也有尚未拟的。这是后来我们大家把这没有名色的也都拟出来了,注了出处,写了这房屋的坐落,一并带进去与大姐姐瞧了。他又带出来,命给舅舅瞧过。谁知舅舅倒喜欢起来,又说:"早知这样,那日该就叫他姊妹一并拟了,岂不有趣。"所以凡我拟的,一字不改都用了。

贾政懂得欣赏黛玉的笔墨趣味,还曾夸奖宝钗博学,也并非迂腐之人呢。

宝玉虽怕贾政,但对这个父亲,也不乏亲情和敬意。宝玉对黛玉发誓,说的是:我的心里,除了老太太、老爷、太太，第四个就是妹妹你了。即使贾政不在家，宝玉路过他的书房，也要下马致敬。

作为一个伟大的中国作家，曹公写大家族的生活，写贾母、贾政和王夫人，温情脉脉，下笔格外亲厚。中国式的家庭，既是伦理，也是人身依附和情感依托，是可以提供情感庇护和安全的地方。但在西方文化中，"家"没有背负这样的期望。亚里士多德认为，家庭是人们为满足日常生活需要而建立的社会的基本形式，强调的是功用，而非责任。更不用说近代以来兴起的个人主义，早就跟家庭切断了精神脐带。

传统大家族里的父子关系，是一个过于庞大与沉重的话题，对当事人来说，这两个角色恐怕都不轻松。

比曹雪芹晚生的裕瑞，按前辈姻亲转述，说曹雪芹"身胖头广而色黑，善谈吐，风雅游戏，触境生春。问其奇谈娓娓然，令人终日不倦"。好友敦诚说他"四十萧然太瘦生"，嗜酒，狷傲，写一手好诗。不管是胖是瘦，他一定是个有趣的人。这样的曹公，到底有怎样的一个父亲？也许，贾政身上，多多少少会有他父亲的影子吧。值得一提的是，曹公的父亲，到底是曹颙还是曹頫，至今还无定论。对他，我们知道的太少了。

〈贰〉

也有人说，贾政是"假正经"，就是一个无用的腐儒。俞平伯先生便这样说："偏偏他姓贾名政。试想贾字底下什么安不得，偏要这政字。贾政者，假正也，假正经的意思。书中正描写这么样一个形象。"

他哪里是"假正经"？他是真正经！在贾家，他最正经，最明白，也最有克制力。

他的哥哥贾赦袭了爵，一大把年纪，"胡子苍白了"，还要娶鸳鸯做小老婆，居然派邢夫人去说合。贾母训了邢夫人一番，就连袭人和平儿也在背后说："这个大老爷太好色了，略平头正脸的，他就不放手。"贾赦对子女也很不负责，执意要把女儿迎春许给孙绍祖。贾政深恶孙家，知其非诗礼名族，劝过两次，可惜贾赦不听。

宁国府里的贾敬，索性到道观里炼丹，后来重金属中毒，死相很难看。贾珍无人管束，在家里闹翻了天。儿媳秦可卿死后，他悲痛万分，一心要用无价之宝"樯木"来装殓。贾政提醒他："此物恐非常人可享者，殓以上等杉木也就是了。"但贾珍不听，葬礼是一路奢华到底。

他们都在尽情挥霍。只有贾政最正常，也最憋屈。

贾珍是族长，袭爵的是贾赦，贾政居的只是员外郎，是虚职，又非正经科举出身。而且上有老母，下有"逆子"，贾赦对他还满怀敌意，中秋节贾赦说母亲"偏心"的笑话，已经是当众表示不满了。

贾政为人方正严肃，不像这些人那样，没脸没皮，放飞自我。《红楼梦》一开始，他就是一个四十多岁的中年人，按说也正当年。大观园题诗，他来到稻香村，说自己有归农之意，纵然有矫情成分，却也看出他的人生确实乏味。他中规中矩，私生活毫无瑕疵。唯一让人不解的，是他似乎总在赵姨娘处歇卧，跟王夫人很少说话，让人很怀疑他的品味。不过，他也没什么选择——王夫人这块木头，比他还寡淡呢。赵姨娘虽是惹祸精，至少还有一股子奇异的活力。

那他的日常生活又是怎样的？不外派闲差的时候，就镇日与清客们应酬往来，贾雨村也经常拜访。每次贾雨村前来，贾政都要拉出宝玉来陪客，宝玉不胜其烦。修建大观园这么大的事，他也不参与，因为"不惯于俗务"。

一脸正经，专攻道德文章，无心事功，这就是典型的儒家读书人了。儒家擅长描画理想和道德模范，喜大言，在事功方面却无甚心得，少建树，再加上对人性有过高的期待，就显得过于虚浮。所以庄子讽刺儒家："明乎礼义而陋于知人心。"

贾政

书中说:"近日贾政年迈,名利大灰,然起初天性也是个诗酒放诞之人,因在子侄辈中,少不得规以正路。"这实在是我们最熟悉的人,沿着前人的老路,捧着圣贤书,目光笔直,不怀疑,不恐惧,一路走下去。然后人到中年,一事无成,再告诫孩子:"什么《诗经》古文,一概不用虚应故事,只是先把《四书》一气讲明背熟,是最要紧的。"

这是中年的哀歌,也是规矩人的哀歌。

上元节刚过,大家做灯谜。贾政的是:

身自端方,体自坚硬。
虽不能言,有言必应。

谜底是砚台,正合他自己的样子。他也想活泼一下,中秋节家宴上自告奋勇讲笑话:

一家子一个人最怕老婆的……从不敢多走一步。偏偏那日是八月十五,到街上买东西,便见了几个朋友,死活拉到家里去吃酒。不想吃醉了,便在朋友家睡着了。第二日醒了,后悔不及,只得来家赔罪。他老婆正洗脚,说:"既是这样,你替我舔舔就饶你。"这男人只得给他舔,未免恶心要吐。他老婆便恼了,要打,说:"你这样轻狂!"唬得他男人忙跪下求说:"并不是奶奶的脚脏,只因昨晚吃多了黄酒,又吃了几块月饼馅子,所以今日有些作酸呢。"

又是怕老婆又是舔脚,这笑话其实是有点儿恶趣味的,何况贾母、王夫人、邢夫人,以及姑娘们都在一旁。这让我想起西门庆装风雅。西门庆招待蔡御史,悄悄安排了两个妓女,蔡御史不好意思,又不舍得拒绝。西门庆笑曰:"与昔日东山之游,又何异乎?"蔡曰:"恐我不如安石之才,而君有王右军之高致也。"西门庆把蔡御史比作谢安,蔡御史又拿出王羲之来比西门庆。谢安和王羲之会死不瞑目的!

无趣的人玩幽默,恶俗的人装风雅,都是事故现场。

有人说,宝玉长大了,会成为贾政。大观园终会烟消云散,每个人也都要告别青春,走向灰暗的中年,从诗酒放诞到俯首认命,学乖了。所以,晴雯不死,会成为赵姨娘,黛玉也会长成宝钗。

但宝玉之所以是宝玉,不是因为他诗酒放诞、青春年少,而是因为他的爱与温柔,因为他的"意淫",他和黛玉最好的爱情,以及在所有美好面前低下头来的谦卑。他对整个世界都温柔以待,并从生看见死,洞见繁华世界的另一面。他说，文死谏武死战，最为沽名钓誉。宝玉看透了道德的把戏和历史的虚妄，贾政没有这样的生命哲学和思想深度。同理，骄傲的晴雯与赵姨娘，孤独的黛玉与宝钗，都有本质的区别。

《红楼梦》是一面镜子，有的人看见了生活，有人看见了命运，也有人看见了超越自身局限的可能。

加缪有一部小说叫《卡利古拉》。卡利古拉跟人对谈，谈如何看待这个世界。那个人选择顺从这个世界的逻辑，认为应该维护它，粉饰它，并为这个世界辩护。但卡利古拉受不了，他觉得这个世界充满了"血腥味""腐尸味"，还有"发烧时的苦涩味"混合起来的味道，他觉得这很恶心。这是他对世界清醒的认知，而我们大部分人，跟贾政一样，都是"那个人"，选择了默默顺从，深信不疑。

宝玉挨打后，黛玉说："你从此可都改了罢！"他回答："你放心，别说这样话。就便为这些人死了，也是情愿的！"他对黛玉说："我便死了，魂也要一日来一百遭。"这就是逆子贰臣，至死不改初衷。

宝玉永远成不了贾政，贾政也永远不可能理解宝玉。

宝玉写《姽婳词》，贾政先是嫌第一句粗鄙，又挑剔：已写过"口舌香""娇难举"，何必再堆砌"丁香结子芙蓉绦"？他和众清客一样，只会计较辞藻和叙事，关心用字用句，满眼"流利飘荡""绮靡秀媚"，期待"必另有妙转奇句"。而宝玉写的"何事文武立朝纲，不及闺中林四娘。我为四娘长太息，歌成馀意尚傍徨"里面的愤怒、同情与惋惜，他并不懂。

贾政其实更像后四十回里的甄宝玉。甄宝玉也曾和宝玉一样，后来却深悔年少轻狂，而把显亲扬名视为正业，并称以前的自己是"迂想痴情"。他选择了所谓的"正路"，按照法国哲学家福柯的说法，这是心甘情愿地被"规训"了。

每个人心中都有一座大观园。大观园终将崩塌，是悲剧。遗忘它，否定它，则是更深的悲剧。

那天，众人在一起过元宵节。只要贾政在，宝玉唯有诺诺，湘云也缄口禁言。贾母明白，酒过三巡，便撵贾政去歇息。但贾政不走，赔笑道："今日原听见老太太这里大设春灯雅谜，故也备了彩礼酒席，特来入会。何疼孙子孙女之心，便不略赐与儿子半点？"贾政是个好儿子，他在跟老母亲卖萌呢。

但接下来，他看小辈们出的灯谜，元春的是"爆竹"，迎春的是"算盘"，探春的是"风筝"，惜春的却是"佛前海灯"。他想：爆竹乃一响即散，算盘打动乱如麻，风筝是飘飘浮荡之物，海灯则一味地清净孤独，今乃上元佳节，怎么都是不祥之物呢？待看到宝钗做的"焦首朝朝还暮暮，煎心日日复年年"，更觉得"小小之人作此词句，更觉不祥，皆非永远福寿之辈"。想到这里，更觉烦闷，大有悲戚之状。

大厦将倾，别人还在醉生梦死，他却从灯谜看出谶语，悲伤无比。

曹公写贾府之衰落，福克纳也写美国南方世家之崩坏，异曲同工。但福克纳笔下的父亲，往往是暴君，是家族崩溃的重要因素。《押沙龙！押沙龙！》里的父亲，托马斯·萨德本就是这样。他的暴虐令人闻风丧胆，在亲人眼里，他是一个"天堂不会要，地狱不敢留"的人。

贾政却是一个好人。

正因为如此，这大厦倾覆、树倒猢狲散的大悲剧，于他，显得格外悲凉。他主动告别过去，死过一次，也没换来好结局，最后"落了片白茫茫大地真干净"。宝玉还有爱与美的记忆，而他，却空空如也。

这真是一个悲哀的故事。

后记

这本书本来是《醉里挑灯看红楼》的再版。不过,不是重新包装一下骗读者的,书的内容做了极大调整。

时隔五年,再翻看当年的文字,自然有很多不足。古希腊哲学家赫拉克利特说:"人不能两次踏进同一条河流。"是的。"一切皆流,无物常驻",今日之我,不是昨日之我。再版之际,翻看之前的文字总是要忍不住修改,如果原封不动再版,不光读者不买账,我自己也不能忍。况且,《红楼梦》这本书是如此浩瀚奇妙,不同的年龄,能读出来不同的意思来。

因此,在原书的基础上,我做了些减法,删掉了原书一半的文章,去掉书中重复的文字,调整了部分语句,换掉几处稍嫌意气用事的断言(毕竟本人也慈祥一些了)。同时也做了加法,适当补充了新观点和文本材料，会更有说服力。

　　这么一看，该肥的肥，该瘦的瘦，其实也是一本新书啦。感谢后浪厚爱，感谢编辑立扬，帮我出这样一本精美、便携、好读的书。

刘晓蕾

2023 年 7 月

图书在版编目（CIP）数据

情僧、英雄与正经人：14位人物解透红楼梦 / 刘晓蕾著. —— 南京：江苏凤凰文艺出版社，2024.7（2024.9重印）
ISBN 978-7-5594-8536-6

Ⅰ.①情… Ⅱ.①刘… Ⅲ.①《红楼梦》人物 – 人物研究 Ⅳ.① I207.411

中国国家版本馆CIP数据核字(2024)第058829号

情僧、英雄与正经人：14位人物解透红楼梦

刘晓蕾 著

责任编辑	曹 波
特约编辑	张宇帆
封面设计	昆 词
出版发行	江苏凤凰文艺出版社
	南京市中央路165号，邮编：210009
网　　址	http://www.jswenyi.com
印　　刷	嘉业印刷（天津）有限公司
开　　本	787毫米×1092毫米 1/32
印　　张	7.75
字　　数	130千字
版　　次	2024年7月第1版
印　　次	2024年9月第2次印刷
书　　号	ISBN 978-7-5594-8536-6
定　　价	45.00元

江苏凤凰文艺版图书凡印刷、装订错误，可向出版社调换，联系电话 025-83280257

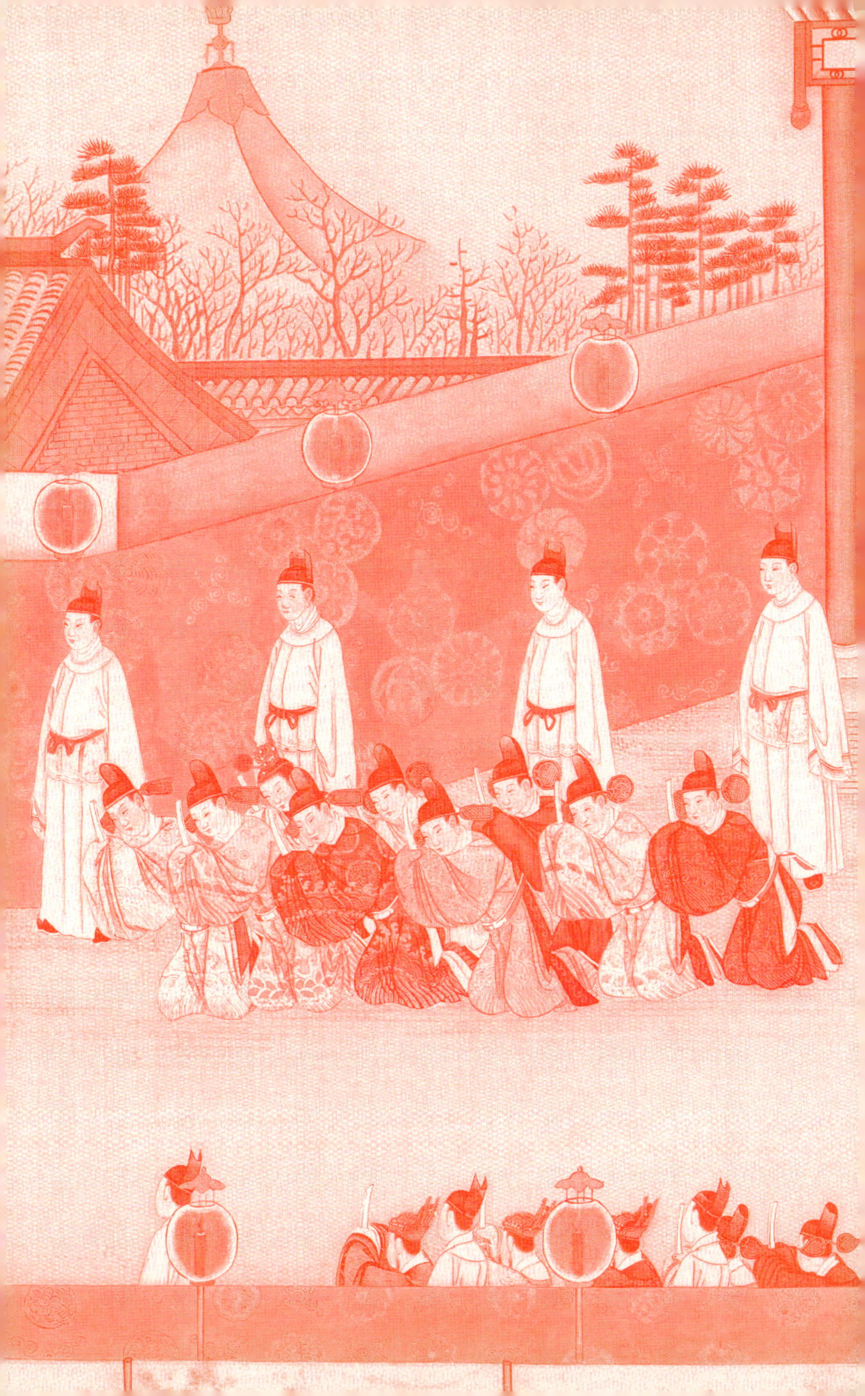